集英社オレンジ文庫

あの夏の日が、消えたとしても

櫻いいよ

本書は書き下ろしです。

Contents

Even if
those summer days
disappear

あの夏の日の傍観者……6
1 その月が忘れても……11
2 この光は忘れない……94
3 その海に忘れていく……185
あの夏の日からの傍観者……278
あとがき……284

イラスト／ふすい

あの夏の日が、
Even if those summer days disappear
消えたとしても

あの夏の日の傍観者

火花が散っていた。

僕の部屋の窓からは、遊泳禁止の瀬戸内海《せとないかい》の浜辺が見える。

立ち入り禁止ではないため、年がら年中家族連れや恋人たちがふらりと立ち寄り海を眺めていた。それを僕はぼんやりと——ときにオペラグラスを使用して——観察し、その様子をＳＮＳに書き込む。

覗《のぞ》き見にほかならないこの行為が悪趣味であることは自覚しているので、家族にも友人にも話したことはない。

見たところでなにか得るものがあるわけではない。

ただ、誰かが見ているとも知らずに過ごすひとたちの姿から、勝手にドラマを作り上げるのが、好きなのだ。こっそりと見て、そこにフィクションを交えてノートＰＣに書き出し、ときにそれを小説風にしてＳＮＳに投稿する。

不平不満のない家庭環境に、それなりに友だちもいて、勉強も運動も可もなく不可もない。高校一年になった今まで、僕はそんな幸せな日々を過ごしている。けれど、あまりに退屈で、フィクションの世界にあるドラマチックで波瀾万丈《はらんばんじょう》な人生に憧《あこが》れてしまう。

それを、この覗き見とPCに書き溜めた世界で満たしている。

「本当、趣味が悪いな」

口にして失笑すると、ポコン、とスマホが音を鳴らした。

SNSのダイレクトメッセージの通知が表示されていて、確認すると〝ムラサキ〟から『うちも昨日海のそばにいたで』と関西弁で書かれていた。

フォロワー数、百人足らずの僕のアカウントで、唯一《ゆいいつ》やり取りをする子だ。同い年の、関西に住んでいる女の子。それ以外のことは知らない。

『ムラサキも？　なんで海にいたの？』

『おばーちゃんち。海まではちょっと距離あるんやけど、親戚の七回忌《き》で久々に来たら気分が沈んできたから、散歩がてら海まで行ってん。まあ、よけい気分沈んだけど』

『だめじゃん、それ』

『会いたくないやつに会ったからしゃーない。ムカつくから文句言ってんけど、全然スッキリせんかった。最悪や』

祖母の家の近くにきらいなひとでもいるんだろうか。

なにがあったのか気になるけれど、そこまで突っ込んで話せるような仲ではないので『気分転換に花火したらいいよ』と返事をした。当然、『なんで花火なん』と届く。

ムラサキをフォローしたのは去年くらいだ。

ある映画の感想についてのつぶやきがおすすめに表示され、僕の感想と似ていたのでなんとなくフォローした。するとすぐにダイレクトメッセージで『もしかして、うちの知り合い？』と送られてきた。そこから、やり取りをするようになった。

彼女は自分のアカウントを友だちには教えていないようで、つぶやきの内容は勉強や部活、食べたものについての独り言がほとんどだ。

でもときどき、ひとの死に対してのやりきれない思いを吐露《とろ》していた。とても大好きなひとを亡くしてしまったらしく、数年経《た》っても夏になると思い出すのだという。

僕はその痛みに惹《ひ》きつけられた。

彼女もどうやら僕に対して好意的なようで、今では友だちのようにダイレクトメッセージで数日に一回はやり取りをする仲だ。ムラサキが言うには、僕は『冷めてる』から『なんか話しやすい』とのことだ。

メッセージを見てから、再び窓の外に視線を向けた。

「僕が見てるだなんて、あいつらは微塵《みじん》も想像してないんだろうな」

浜辺に、楽しそうに花火をしている姿が見える。

オペラグラスを覗くと、それが僕の中学時代の同級生七人だとわかった。高校はバラバラになったはずなのに、夏休みに集まるほど、今も仲がいいらしい。七人のうち、三人は僕と同じ高校に通っている。ひとりは同じクラスだ。ただ、誰とも僕は親しくない。

楽しそうだと思う。が、僕は花火に興味がない。海の近くは潮風がべとつくのできらいだし、砂浜は歩きにくい。

でも、あんなふうに楽しめたら〝ムラサキ〟も気分が晴れるかもしれない、と思う。

僕が返事をしないでいると、『花火でもしてこの自己嫌悪がなくなるならしてもいいかもなあ』と追加のメッセージが届いた。沈んでいるのは自己嫌悪のせいだったようだ。それに対して、『僕もやろっかな』と思ってもいない返事をする。

花火でもしてみれば、今年の夏はそれなりに記憶に残るかもしれない。

退屈なこの高校一年の夏休みに、少しくらいは変化があるだろう。

「ま、しないけどね」

その程度でこの夏が一生の宝物になるわけでもないしな。

花火をしたことがあるな、と思うだけで、それもいつしか消えるだろう。

青春してる集団を冷めた目で見つめていると、その輪からひとりの男子が抜け出した。

またビルの屋上に移動するんだろうか、と視線で彼を追いかける。

ここ二週間ほど、彼は毎日のように昼過ぎから夕方まで、僕の住んでいるマンションから丸見えの古いビルの屋上で、女の子と過ごしている。相手の女の子は、彼と僕と同じ高校に通っている、地味で目立たないタイプの同じクラスの女子だ。

「付き合ってんのかもなあ」

意外な組み合わせだ。なにがどうなってそんなことになったのか、妄想が膨《ふく》らむ。ふたりの距離が近づくなにかがあったんだろう。運命の出会いみたいなものにちがいない。

でも夏の恋は、蜃気楼《しんきろう》みたいなものだ。

どんな出会いでも、どうせいずれ消えていくだろう。そうであれ。

「夏を満喫してるやつらへの嫉妬だな」

僕しかいない部屋の中で呟《つぶや》く。

恋に友情に花火。夏の定番が詰まっている光景はドラマや映画のようだ。

浜辺の光が弾《はじ》けて消えた。それを、僕は見ていた。

彼らの中であの夏の日が消えても、僕は覚えているんじゃないかと、そんなことを思った。

1　その月が忘れても

思い出の重さは、ひとそれぞれちがう。

「おれはさ、千鶴《ちづる》のことが好きだよ」

となりにいる律《りつ》が、あたしをまっすぐに見据えて言った。

——かつて、あたしを振ったことを忘れてしまっているかのように。

遠くで花火が弾《はじ》ける音がした。砂浜で友だちが花火を楽しんでいる。去年は夏休みのお盆明けだったけれど、今年は夏休みに入る直前で、それでも再現感があるな、と思った。

あたしの気持ちは、去年の夏からなにもかわっていない。

胸にはまだ、律への想いと、去年のあの夏の日の記憶が、痛みが、はっきりと刻まれている。

あの日と同じように、堤防にもたれかかるあたしのとなりには律がいて、あたしたちは月明かりに照らされた友だちと飛び散る火花を見ていた。

ちがうのは、あたしたちは高校二年になったことと、今告白しているのが、あたしではなく律だということだ。

生ぬるい風があたしと律のあいだを通り過ぎた。

今日は、熱帯夜だ。

そして、去年のあの夏の日も、熱帯夜だった。

はしゃぐ友だちの声と花火の破裂音、そして水が打ち寄せる波音が聞こえてくる。

「おれ、千鶴のことが好きだ」

なにも言わないあたしに、律がもう一度口にした。

＋　＋　＋

今年の夏は例年よりも暑くなるらしい。

毎年同じようなニュースを耳にするので、そのうち一年中半袖で過ごすようになるのでは、と思う。そうなるのが先か、地球が滅びるのが先かはわからないけれど。

「ちーちゃん、ゆっくりしてて大丈夫？　約束の時間、間に合う？」

「へ？　あ、ああ、うん」

テレビをぼんやりと眺めながらパンを頬張っていると、くるみさんがあたしに言った。

はっとしてテレビ画面に表示されている時間を確認すると、すでに十時をすぎている。

「うわ、やばい！」

待ち合わせは十時半なので、すぐに準備をしなければ。慌《あわ》てて立ち上がると、足元にいた猫のセツが驚いて飛び上がった。クリーム色のふんわりとした毛がモップのように動く。

「ごめんごめん、セツ」

「千鶴は高校生になっても落ち着かないなあ」

「ちょっとぼーっとしてただけだし」

そばにいた父親に苦笑されて文句を返すと、やれやれと肩をすくめられた。

高校生になったからって朝に強くなるわけじゃない。そもそも、高校生になったのはつい四ヶ月ほど前だ。

「そういうことばっか言ってるときらわれるよー」

そうだそうだ、とくるみさんの言葉に頷《うなず》きながら、二階に駆け上がった。うしろをセツが軽やかな足取りでついてくる。セツはあたしをストーキングするのが趣味だから。

「かわいいけど、構ってあげられないよ」

そう言うと「ぶにい」と不満げに鳴くところもかわいい。

できることならセツを撫で回してやりたいが、今は無理だ。駅までは父親が車で送ってくれることになっているので、十分前に家を出たら間に合う。ということは、残り時間は十五分しかない。

部屋着からノースリーブのシャツと薄手のワイドパンツに着替える。持っていくものはスマホと財布とハンカチにティッシュくらいなので、カバンは部屋のすみに置きっぱなしにしていたショルダーバッグにした。

今日の目的地は電車で二十分ほどの商業施設だ。その中に夏季限定でお化け屋敷が設置されているらしい。ホラー系の映画も漫画も小説も苦手なあたしには正直憂鬱《ゆううつ》な予定だ。とにかくすぐに走って逃げられるような格好でなければ。

脱いだ部屋着をベッドに放り投げてから、部屋を飛び出し洗面所に向かう。

「ちょっとお父さん、なんで鏡なんか見てんの。どいてよ」

「出かけるんだから身だしなみくらい整えるだろ」

「どうせ車の中から出ないんだから、どうでもいいじゃん」

どいたどいた、と父親を押し退《の》けて鏡の前で髪の毛をセットする。

四十代前半の父親は、娘のあたしが言うのもなんだけれど、三十代半ばにしか見えないくらい若々しく、そこそこかっこいい。だからなのか若干《じゃっかん》ナルシストのきらいがある。

「もう、よけいなことばっかりして。ちーちゃんの邪魔しちゃだめじゃん」

鏡の中に、しょんぼりしている父親と、キッチンとつながっている扉から顔を出して呆れているくるみさんの姿が映った。

いくら父親が若く見えるといっても、二十代後半のくるみさんと並ぶとやっぱりおじさんだ。ふたりの姿を見ると、なんでくるみさんは十以上も年上の父親と結婚したのか不思議になる。

見た目はいいけれど、父親の長所なんてそれだけなのに。お調子者でよけいなことしか言わないデリカシーのない性格なのに。ただのカッコつけたおじさんなのに。

しかも、あたしという子どもまでいるのに。

でも、ふたりはとても仲がいい。休日はよくふたりでドライブに出かけている。今日は、片道一時間半の隠れ家的なカフェに行くらしい。父親は出不精であたしとふたりのときはあまり外に出たがらなかったけれど、くるみさんの希望とあらばフットワークが軽い。

とくに、一時期くるみさんが落ち込んでからは、父親はくるみさんのためならどこまでも車を走らせる。

「今日は暑いみたいだから、ひとつに括《くく》ったほうがよさそう」

「あ、そうだね。うん、そうする」

肩まであるあたしの髪を見て、くるみさんが言う。それを素直に受けいれて低い位置で小さくまとめた。こぼれ落ちる分は適当にヘアピンを刺して固定する。

「あ、ちーちゃん、日焼け止めもちゃんと塗らないとだめだよ」

「はあい」

くるみさんは美容に詳しく、いつもあたしにいろんなアドバイスをくれる。とくに日焼け止めに関しては若いうちからちゃんとしなくちゃ、と言われている。

中学一年のとき、あたしの母親になったくるみさんは母親というよりも姉、いや、仲のいい親戚のお姉さん、という感じだ。

それは、くるみさんにとっても同じだろう。

どうしたって、母親ではない。でもそれで、いいんだと思う。

「んじゃ、お父さん車出して」

「人使いが荒いなあ」

ぶつぶつ文句を言いながら玄関に向かう父親のうしろでセツの頭を撫でてやった。気持ちよさそうに目を細めるセツは、かわいい。

「セツはほんとちーちゃんが大好きだよねえ。普段世話してるのはわたしなのにさ」

「拾い主の律に似て、律儀で一途《いちず》な性格みたい」

生後数週間だったセツを拾って、しばらく世話をしたのは律だ。だから、セツは律に似ているように思う。あたしに懐《なつ》いているのは、拾ったとき律のそばにいたからだろう。でも、あたし以外にも愛嬌《あいきょう》を振りまく。そういうところも律に似ている。

セツが外に出てしまわないように、くるみさんがセツを抱きかかえた。それを確認してスニーカーを履《は》き、玄関のドアを開ける。

その瞬間、夏の日差しがあたしを刺してくる。

凶器なんじゃないかと思うほど、うるさい蟬《せみ》の鳴き声とともに。

ああ、夏だ。

八月上旬の夏の盛りなのだから、当たり前だ。なのに、そんなことをしみじみと思う。

「じゃ、行ってきます」

くるみさんとセツに声をかけて、父親が待つ車に向かった。


「あ、千鶴こっちこっち」

駅前のロータリーで車を降り、父親に手を振ってから待ち合わせ場所の改札前に向かう。

そこにはすでに律ときいちゃんと毅《たけし》がいた。三人はあたしの姿を見つけて手を振る。

「おまたせ」

「すげえ待った！」

「あたしが遅刻したみたいに言わないでよ。まだみんな集まってないでしょー」

毅に言われて文句を返すと、ケラケラと笑われる。そんな毅に「またしょうもないこと言って」ときいちゃんが呆れていた。

きいちゃんと毅は双子の姉弟だ。ふたりのやり取りはいつもケンカのようで、でも仲がいいのが伝わってくる。

「千鶴、今日は括ってるんだ。似合ってる」

「……今日も律は相変わらずだね。ありがと」

律はあたしの髪型を見て、さらりと褒める。でもそれは〝あたし〟だからではなく、誰であっても同じだ。

あたしの返事に律は不思議そうに首を傾《かし》げた。なにが相変わらずなのかさっぱりわからないんだろうなあ。そういうところも相変わらずなんだけどね。言わないけど。

あたしのすぐあとに、真谷《しんや》くん、りょーくん、そして真希《まき》の三人が順番にやってくる。

男四人、女三人の大きなグループになったあたしたちは、それじゃあ行くか、と改札を通って駅のホームに向かった。

あたしたち七人は、中学一年からの付き合いだ。

中学に進学するタイミングで、あたしは六人が通う中学校の学区に引っ越してきた。そのときに同じクラスになったきいちゃんと真希と仲良くなった。ふたりは同じ小学校に通っていたけれど、以前はあまり接点がなかったらしい。なので、友だちになったタイミングは三人同時だったことに、ちょっとほっとしたのを覚えている。

そのとき律も同じクラスで、きいちゃんの双子の弟である毅と幼稚園からの親友であることや、毅が当時同じクラスで仲良くなった真谷くんやりょーくんとも気が合ったことから、いつの間にか七人でよく遊ぶようになった。

「すげえ怖いのかなー。めっちゃ楽しみ！」

みんなで楽しいことを一緒にするのが大好きな毅が、スキップしながら駅のホームに向かう。真谷くんが「ビビって逃げ出すんじゃねえの」と言えば「ぼくホラーってコメディだと思うんだよねえ」とりょーくんがのんびりした口調で言っている。

きいちゃんは「どうせ作り物でしょ」と言って、真希が「それが楽しいんじゃん」とウキウキしていた。

性格がバラバラなのに妙に気が合うあたしたちは、とにかくよく一緒に過ごしてきた。家の近くの図書館で宿題をしたり、きいちゃんと毅の家で遊んだり。

高校がバラバラになってしまい、バイトをはじめた子や部活で忙しい子もいることから最近は頻度《ひんど》は減ったけれど、今もこうして集まるのは、それだけ一緒にいて楽しいからだ。

「千鶴、もしかして緊張してる？」

電車がやってくるのを待っていると、律がくるりと振り返りあたしに訊《き》いてくる。

「してるに決まってんじゃん。あたしホラー系苦手だもん」

「おれも。怖いよなあ」

お化け屋敷を希望したのは毅だったけれど、あたし以外誰もそれに異を唱えなかった。だからてっきり律も怖くないんだと思っていた。

でも、眉を下げて苦笑している律は、あたし以上に緊張しているように見える。

「律も怖いなら、あたしだけじゃないなら、いいかな」

「なんだよ、それ」

「ひとりだけだとよけい怖いじゃん」

律も「まあ、たしかに」と笑う。

「んじゃ、一緒に怖がるか。あんまり怖かったら千鶴に抱きつくかもしれないけど」

抱きつくとは。慌てふためきそうになったのをぐっとこらえて、やだよ、となんとか文句を言うと、がんばろうなーと律が毅のもとに戻った。

その背中を眺めていると、

「いい雰囲気じゃん。もう告白しなよ」

背後からきいちゃんと真希があたしの両どなりに並んでささやく。

「ちょ、ちょっと」

「あいつははっきり言わないと気づかない鈍《にぶ》い男だよ」

「ほんとそれ」

聞こえたらどうすんの、と焦《あせ》るあたしを無視して、ふたりは話を続けた。一応〝律〟ではなく〝あいつ〟と呼んでバレないようにはしてくれているけれども。

「千鶴はこんなにバレバレの態度なのにね」

「……う、うぐ」

自覚はあるけれど。

あたしは律を好きなことをふたりに言ったわけではない。千鶴って律が好きなんでしょ、と一年ほど前に会話の中でさらりと言われたのだ。一応誤魔化そうとしたものの「そういうのいいから」と一蹴《いっしゅう》された。ふたりにとってはあたしの片想いは疑いではなく確信で、つまりふたりから見てあたしの言動は相当わかりやすいものだったようだ。

「せっかく同じ高校に進学したのに、このままでもいいわけ？」

「……そういうわけじゃないけど。でも、このままがなくなるのは、いや」

だって、律はあたしのことを好きなわけじゃないと知っている。

あたしと律の仲は、ただの友だちだ。

連絡先は知っているし、メッセージのやり取りもする。こうして休みの日に会うこともある。けれど、それだけだ。ふたりきりで遊びに行くことはないし、電話だって用事がなければ滅多《めった》にしない。

「そうはならないでしょ。高校でも千鶴たちは付き合ってるんじゃないかーって話も出るくらい仲いいんだから」

同じ高校に通う真希が勇気づけるように言ってくれる。

でも。

「仲がいいのと、両想いなのはちがうじゃん」

高校が一緒だからか、中学のときよりも近しい関係になった気はする。登下校時に顔を合わせたら一緒に歩く、とか、教科書の貸し借りをする、とか。けれど、それは中学からの付き合いの長さがあるだけだ。クラスがちがうので毎日でもないし。

やってきた電車に乗り込む律を見つめながら、無理だよ、と心の中で呟《つぶや》く。

やさしくても仲がよくても、律にとってあたしは特別なわけじゃない。律は基本的に誰に対しても同じだ。

いや、その表現はちょっとちがうか。

律は、〝誰にでも〟ではなく〝いつだって〟同じなのだ。

はじめて律と言葉を交わしたときに抱いた印象は、柔らかさだった。彼の表情だけではなく雰囲気や話し方に、あたしはそう思った。

毅と一緒に楽しげに笑っているのに、律は常に理性を保っているように見えた。だからといって、おとなしいわけではない。

冗談や文句を言うこともあれば、いたずらをするときもある。でも、ときどきふっと、言葉を呑み込みまわりを様子見しているような印象を受ける。そういうときの律は、まわりの男子とはちがって、大人っぽさが漂っていた。

常に、自分を客観視して、度を過ぎたときにどうなるか想像力を働かせているのかな、と思った。教室でボールを使って遊んでいても力加減は決して忘れないし、誰かをからかうときも言葉には細心の注意を払っていたし。

だからか、律には不思議な存在感があった。

声が大きいわけじゃないのに、律の意見にはみんな耳を傾ける。中学までやっていたバスケ部では副キャプテンだったが、キャプテンにも頼られる存在だった。ムードメーカーなわけではないのに、クラスの中心的人物で、いやなことやだめなことにははっきりと口にして伝える真面目《まじめ》でしっかり者の面もある。でも、相手に面と向かって「好き」や「大事」「特別」と、さらりと口にできる素直で無邪気な一面もある。

そんな律は、クラスに馴染《なじ》んでいるのに、浮いているようにも見えた。でもそれが、律の、律にしかない魅力だった。

だから、まわりは男女問わず、恋愛感情がなくとも、律に惹《ひ》きつけられるのだろう。

もちろん、恋愛感情から律に惚《ほ》れる女子も多かったけれど。

その中のひとりがあたしだ。

いったいいつ、この気持ちが胸に芽生えたのかはわからない。

なにかきっかけがあったわけではない。気がつけば律を目で追っていて、律と一緒にいるのが楽しくて、律とふたりきりのときは妙に浮かれるようになっていた。恋だと自覚したのが中学二年生のとき、というのだけは覚えている。

三年間偶然にも同じクラスだったことに運命なんじゃないかとときめいた。

高校の第一志望は、幸いにも学力が同じくらいだったので律と一緒にした。

でもそれは、あたしだけだ。

律はあたしと同じように感じていなかった。

三年間同じクラスだったことには「縁があるな」と言っただけだし、志望校が同じだと伝えたときは「高校でもよろしくな」と笑っただけだったから。そしてその言葉は、同じ高校に進学した真希にも同じだった。

「……望みがなさすぎる」

しみじみと呟く。

「このままだといつかあいつにも彼女ができるかもしれないよー？」

「それはそうだし、そんなのいやだけどさあ。でも、仕方なくない？　その相手があたしじゃないなら、今告白したって結果はかわらないじゃん。あたしのことを好きじゃないんだから振られるだけっていうか」

ここぞと、律たちがいる場所から離れた位置で話し続ける。

「いや、あいつは、ひととして好き、と思える相手なら、それが恋愛感情かどうかわらない自覚があってもとりあえず付き合うと思うよ」

きっぱりときいちゃんが言いきった。

幼稚園時代から律を知っているきいちゃんに言われると、そうなのかも、と思う。

「だから、千鶴なら付き合うはず。あいつの態度は誰にでも一緒だって千鶴は感じてるかもしれないけど、私たちから見たらちょっとちがうもん」

ね、ときいちゃんが真希に同意を求め、真希はこくこくと頷いた。

ほんとうかなあ。

そんなことないと思うけどなあ。

そう思いつつも、ちょっぴり期待はしてしまう。

「ま、千鶴を恋愛感情からの好きかどうかは、わかんないけど」

「……ですよね」

揺れる電車の中で、手すりに摑まりながら情けなく返事をした。

「でも、付き合ってから好きになるタイプだよね。もしくは千鶴に彼氏ができたときにショックを受けて、その瞬間にやっと気づくとか」

なるほど、たしかに、なんとなく想像ができる。

そうか、律はそういうタイプか。

……って、納得してすぐに告白できるならすでにしてるっつーの。

「無理無理無理無理……振られたらこの先の高校生活、一緒の学校に行った意味なくなるし、付き合えたとしても、やっぱちがうなって振られたらもっと最悪の関係になるじゃん」

「なんの心配してんのよ。振られたって別れたって友だちではいれるでしょ」

「無理」

　ぶんぶんと首を横に振って否定する。

「友だち続けたらあたしの場合、ずるずる好きでい続ける自信ある。そんなの拷問《ごうもん》だよ。気持ちに区切りがつけられるまでは無理。気まずい。無理」

「だからってこのままなのもどうなのよ」

「高校卒業まであいつ一筋で、大学まで追いかけて、そのあとも忘れられなくて、一生片想い、とかなるかもよ。うわ、想像したらなりそう。初恋拗《こじ》らせるとやばいよ、千鶴」

「ちょっと！　不吉なこと言わないで！　想像しないで！」

　縁起《えんぎ》でもない。

　ケラケラ笑う真希に文句を言うと、ますます笑われた。

　自分でもちょっとそうなりそうとか思っちゃうからよけいにやめてほしい。

　むうっと頬を膨《ふく》らませていると、目的の駅に着いた。ドアの近くにいたあたしたちが先に降りると、追いかけるように出てきた律たちが「なあなあ」と呼びかけてくる。

「お盆明けたら浜辺で花火しねえ？」

　毅が目を輝かせている。「えー？　花火？」ときいちゃんは不満そうだ。

「後片付けめんどくさいじゃん」

「そんなのみんなでやればすぐだろ。夏の思い出にやろうぜー。前は親がすぐそばで監視してたけど、高校生なら俺らだけでできるんじゃね？」

「浜辺なら、みんな自転車か徒歩で集まれるしな」

律も乗り気のようだ。

二年前の夏もみんなで花火をした。そのときはきいちゃんちの私有地かつ空き地で、きいちゃんたちの両親と一緒だった。楽しかったけれど、毅は親がいるとつまんないと言い、きいちゃんは後片付けがめんどくさいと言って、去年はしなかった。

浜辺かあ。

空き地でするよりも海のそばのほうが安全そうだし、広々としているのでまわりの家を気にせずにはしゃげる。遊泳禁止の浜辺なのでひとも少ない。

想像すると……なかなか楽しそうだ。

「あの浜辺、花火できるの？」

しっかり者の真希が訊く。

「さっきスマホで調べたけど、禁止かどうかはわかんなかった」

「浜辺近くの交番で訊いてみたら？」

「交番でわかんのかよ」

「知らないけど」

あたしたちの笑い声が駅に響く。なんだかこの雰囲気は、花火をすることになりそうだ。こういう話になると、なんやかんやとあたしたちはそれぞれがそれぞれの不足を補うようにしてことが進んでいく。部活やバイトのない、みんなが都合のいい日はいつかという相談がはじまる。あたしは部活もバイトもしていないので、いつでも暇《ひま》だ。

「ね、言いだしっぺ律でしょ」

そっと律に近づいて言うと「え、なんでわかんの？」と目を丸くされた。

「わかるよ。こういう大胆なことを思いつくのはだいたい律だもん」

そして、それに乗り気になってみんなを誘うのが毅、というのがいつもの流れだ。

「去年、キャンプしようって言いだしたのも律だったよね。受験勉強で疲れてるなら、電子機器から離れて自然に囲まれた場所で過ごそうって」

「結局、真谷ん家《ち》の土地で過ごしただけだけどな」

中学生だけでキャンプをするのはさすがに危険だし心配だ、ということから真谷くんの祖父母の住んでいる家から百メートルほどしか離れていない雑木林の中にテントを張って一晩を過ごした。晩ご飯はもちろん自分たちで作った――わけもなく、真谷くんのおばあさんに作ってもらったものを外で食べた。

「律は、あたしたちだけじゃ反対されるでしょ、と思うようなことを言いだすよね」

「おれって、そうなんだ……」

「なに、どうしたの。そんなに意外に感じること？」

あたしの発言に驚いたのか、律が目を瞬《しばたた》かせる。そして困ったように眉を下げた。

その表情の理由がよくわからなくて、首を傾げる。

「あ、いや……そういうわけじゃないんだけど、そうなんだなって。自覚がなかったから、なんか、ごめん」

「なに謝ってんの。謝ることじゃないいし。律の発想のおかげであたしたちいろんなことしようってなって、楽しんでるんだから」

真剣な顔つきで謝る律に噴き出してしまう。

「むしろ、あたしはもう少し律はわがままでもいいと思うくらいだよ」

律はみんなでなにかしたくて言っているだけだ。できたらいいよね、くらいだと思う。

しかも〝自分がやりたい〟ではなく〝みんなが楽しいかも〟という気持ちからのものだ。

だからみんなの興味を惹きつけて、みんなの中心的存在になっているんじゃないかな。

いつの間にか、あたしと律がみんなのうしろをついて歩く形になっていた。

「おれがわがままになったら、みんなを困らせるよ」

冗談っぽく笑って言ったけれど、なんとなく律は本気でそう思っているように感じた。

目の奥に、どことなくさびしさが浮かんでいる、気がする。

気がするだけだ。実際どうかはわからない。

だから。

「そう考えるところが、律って感じ」

「適当に言ってるだろ、千鶴」

「そんなことないよー」

明るく笑うと、律も目を細めた。

まわりのひとを、そばにいるあたしを、大切に思っていると感じることのできる律の笑顔が、好きだ。あたしだけに向けられるものではないけれど、悔しいことにあたしは、そういう律が好きなんだ。

月みたいだと、いつも思う。

太陽の光を浴びて輝いているのに、まるで月そのものが発光しているみたいにひとを惹きつける。

律をひとことであらわすならば、月、もしくは、誠実、だな。

そんなことを考えながら、律とならんでみんなの後ろを歩き、目的のお化け屋敷に向かった。

お化け屋敷はあたしの想像をはるかにうわまわって怖かった。途中で何度も入り口に引き返したくなったけれど、なんとか出口まで辿《たど》り着くことができた。

ひとりだったら、楽しいとは思わなかっただろう。

あたしと同じように驚き怖がり叫ぶ律がいたから、楽しかった。お化け屋敷って結構楽しいんだなと、悪いもんじゃないなと、そう思った。


花火日和《びより》だ。

夕方、雲ひとつない空を見て思った。雨が降る心配はないだろう。

「じゃあ、行ってきますー」

「はあい、気をつけてね」

くるみさんに声をかけて家を出る。夕方五時にもなれば多少暑さはマシになるかと思ったけれど、さすが八月だと言わざるを得ない。太陽は燦々《さんさん》と光り輝いているし、少し歩くだけで汗が噴き出てくる。さっきまで冷房の効いた心地のいい涼しさの中にいた反動か、体がずしっと重くなったようにだるくなる。

が、気分は上々。軽やかに足を踏み出し、待ち合わせ場所のきいちゃんの家に向かう。

きいちゃんの家は、あたしの家から徒歩で二十五分ほどだ。普段なら自転車で向かうのだけれど、みんなで花火の買い出しもする予定だったので歩いて行くことにした。

みんなに会うのは二週間ぶりだ。お盆前にお化け屋敷に行って以来になる。

「……律に二週間も会わないの、はじめてかもなあ」

律だけではないけれど。

これまで学校があれば学校で、長期休みに入ってもそれなりに遊んでいた。お盆休みは毎年それぞれ旅行に出かけたり帰省《きせい》したりで会えなかったけれど、せいぜい一週間だ。

それが今年は二週間もあいてしまった。

その理由は、あたしが数年ぶりに、亡くなった母方の祖父母に会いに行ったからだ。

祖母の家は飛行機で移動しなければならない東北地方にあり、そこで一週間ほどを過ごした。あたしが幼いころは祖父母も元気だったので年に一度来てくれたけれど、年をとったことと、父親が再婚をしたことから、もう三年以上会っていなかった。

記憶よりも年老いた祖父母を見て、勇気を出して父親に相談してよかったと思った。

母方の祖父母と親しくするのはくるみさんを傷つけることになるのでは、とずっと言えなかった。けれど、父親もくるみさんも一切反対しなかった。三人で行こうかという話が出たくらいだ。ただ、くるみさんが夏バテ気味らしく体調があまりよくないので、今回はひとりで旅行することになった。

あたしをうれしそうに出迎えてくれた祖父母を思い出す。一週間、田舎《いなか》なので暇ではあったけれど、その分まったりできたし、祖父母とたくさんの話ができた。のんびりとした話し方をする、ちょっと訛《なま》りのある母方の祖父母のことが、あたしは好きだ。

あたしを産むと同時に亡くなった母親も、こんな感じだったのかなと、会うたびに考える。きっと、祖父母のように穏やかでやさしいひとだったんだろうと、想像する。

そうすると、すごく幸せな気持ちになる。

やっと会えたことで、気持ちが軽くなった。会いに行って、本当によかった。

——律のおかげだ。

律は、あたしが勇気づけられたことを知らないだろう。でも、それでいい。

バス停を通り過ぎてぶらぶらと、夏の日差しを浴びながら歩く。

途中で真希のうしろ姿を見つけ、声をかける。

「ひさしぶりー真希」

「あ、ひさびさ」

真希はお盆にどこにも行っていないようで、肌は真っ白なままだった。真希はめんどくさがりなので、誘いがなければ家から一歩も出ない。お盆休みはずっと家で海外ドラマを見ていたんだろう。

二週間なにをしていたのかを話しながら歩いていると、真希がふと「あ、菊池《きくち》さんだ」と呟いた。つられるようにあたしも視線を向けると、コンビニに入っていく菊池さんを見つけた。

ショートボブの髪の毛とピンと伸びた背筋は、まさしく菊池さんだ。あんなに堂々として見えるのに、どこか自信なさげな雰囲気があるのは、菊池さん以外いない。

「真希、同じクラスだよね。声かける？」

一応訊いてみると、真希は「いや、友だちでもないのに話しかけたら、あっちがビビるでしょ」と首を振った。

まあそれもそうか。

あたしたちと同じ高校に通っている菊池さんはいつもひとりでいる。いじめられているとか、無視されている、とかではなく、誰に話しかけられてもほとんど口を開かないらしい。だからか、失礼ながら存在感があまりない。

にもかかわらずクラスのちがうあたしが彼女の名前と顔を知っているのは、一度話したことがあるからだ。

真希の教室に遊びに行ったとき、教室を出ようとしていた菊池さんとぶつかってしまった。その衝撃で彼女は手にしていたノートや教科書を落としてしまい、あたしは慌ててそれを拾った。そのとき、なにを話したのかは覚えてないけれど、言葉を交わした記憶がある。そして、彼女のノートの、とてもきれいな大人っぽい字も。

あたしの字は右肩上がりのクセのある字なので、菊池さんの整った美しい字に見とれてしまった。同時に、菊池さんっぽい、とも思った。

菊池さんは、あたしとちがって家でも親の手伝いをしてそうだ。コンビニにいたのも、なにか買い物を頼まれたんじゃないだろうか。勝手なイメージだけれど。

「っていうか、なんでここにいるんだろ。菊池さんって小中学区ちがったよね」

ふと疑問が浮かんで口にすると、真希が「あっちにある大通りで学区がわかれてるから、案外近くに住んでたのかもね」と言った。

そんな偶然があるんだなあ。

二学期がはじまったら、話しかけてみようかな。

あたしは人前では悩みなんてないみたいに笑って過ごしているけれど、内心いろいろ悩んで悶々《もんもん》とするうじうじした部分がある。だから、たとえ自信なさげではあっても背筋を伸ばしている菊池さんの姿に憧《あこが》れていた。仲良くなれたらいいんだけどな、と。

……まあ、菊池さんはあたしと仲良くしたいとは思ってないかもしれないけど。

「おーい」

きいちゃんの家の前では、きいちゃんと毅はもちろん他のみんなも集まってあたしたちを待っていた。あたしと真希の姿を見つけた真谷くんが声をかけてくる。

「よし、そろったな。んじゃ買い出しに行くか」

「え、律は？」

ひとりだけまだ来ていない。にもかかわらず歩きはじめる毅に声をかけると「遅れるってさ」と言われた。

「律が遅れるなんて珍しいね。体調悪いとか？」

「うんにゃ、なんか、予定ができたんだと。終わったら参加するってよ」

なら安心だけれど、約束をした日に入った予定ってなんだろう。律のことだから大事なことにちがいない。

「最近、そういうの多いんだよなあ。こないだ俺、はじめて律にドタキャンされたし」

毅の言葉には、全員が「え？」と驚きの声をあげた。

あの律がドタキャンだなんて信じられない。時間も守るし約束も守るのが律だ。

「あ、そういえばオレはドタキャンじゃないけど、昼過ぎに遊ばないかって連絡したら昼はしばらくのあいだ無理だって。そんなのはじめてだよな」

「あー、だから最近メッセージの返事も遅いのか」

「それはあんたがくだらないことを延々と送り続けるからじゃないの」

そう言ったのはきいちゃんだった。

七人のグループトークはあるが、連絡事項や相談以外では使用していない。以前、毅がしょっちゅうしょうもない世間話をしたりテレビの感想を流したりしたことで、きいちゃんがブチギレたからだ。

たしかに毅のメッセージの内容に問題はありそうだ。でも、そんなことは今さらだ。律は毅の性格を誰よりも知ってるはず。

「ま、律にだってそういうときくらいあるんじゃない？」

なにか事情があるかもしれない。

けれど、それをわざわざ言う必要はない。

たとえば、中学入学を機に引っ越してきたあたしは母親と血がつながっていない、とか。実の母親はすでに亡くなっている、とか。

あたしはそれを隠そうと思っているわけじゃない。言う必要がないから言っていないだけだ。説明するほどのことではないし、聞かされたほうも反応に困るだろうな、と。

そういう〝なにか〟は、誰しも大なり小なり、あるんじゃないかな。

「遅刻する律のためにも、派手な花火を探すか」

毅の言葉に全員が「そうしよう」と同意をして、ゆったりと日が沈みはじめた夏の明るい夕方の中、ぞろぞろといくつかの店をまわって、花火はもちろん、バケツやろうそく、そして小腹が減ったときのためのお菓子と水分補給用のお茶やジュースを買った。

それらを持って、来た道を戻る。毅の家を通り過ぎてしばらく歩くと、目的地の海があたしたちの目の前に広がっていた。

律が合流したのは、浜辺でお菓子を食べながら日が沈むのを待っていたころだ。

ごめんごめん、と近づいてくる律は、どこか幸せそうな、満ち足りた表情をしていた。

「なんか律、機嫌いいね。どうしたの？」

「あー、うん。今日は花火だから、また今度落ち着いて話すよ」

意味深《いみしん》な言い方だ。花火を楽しみにしていたみんなのために、今じゃないという判断をしたんだろうけれど、めっちゃ気になる。なんだろ、悪い話ではないのは間違いないだろうけど、なんなんだろ。

今すぐしつこく食い下がって吐き出させたいところではあるけれど、ここは我慢だ。

「あとでちゃんと教えてよー」

「もちろん」

律が破顔《はがん》して答えた。今まで見たことのない、晴れ晴れとした笑顔が眩《まぶ》しい。

――それが、あたしの不安を煽《あお》る。

なんでそんなふうに思うのか、自分でもわからない。

ただ、律がかわったのを感じる。それ自体は決して悪いことではない。けれど、沈んでいく太陽に照らされた律の背中は、そのままどんどんあたしから離れた場所に行ってしまうように見えた。

夕方から夜になるのはあっという間で、あたりはすぐに暗闇に包まれる。

頭上を仰《あお》ぐと、そこにはぽかんと月が浮かんでいて、まわりには星々が輝いていた。海と反対側には、いくつかの建物からの光が見える。それほど高い建物があるわけではないので、少し離れたところにあるマンションだけがやけに目立っていた。なにかが反射したのか、きらりと光る。

大量の花火の中から、それぞれ好きなものを手にする。ろうそくで火をつけると、色鮮やかな火花がばちばちとあたりに飛び散った。

赤、黄色、白、青、紫やピンク。

あたしたちのまわりがカラフルに染まる。モノクロになった世界に色を塗るみたいに。

「おい、ふたつ持ちはやめろよ」

「ちょっと、驚かさないで！」

みんなの明るい声が響く。あたしも同じように、声をあげて笑う。

しばらくすると、律がひとり、ふらりと輪から離れて堤防にもたれかかった。

「疲れた？　ジュースあるよ」

律に近づきジュースを手渡す。律は「さんきゅー」とすぐに口をつけて飲む。

あたしは黙ったまま律を見つめる。飲み終えた律がゆっくりと視線を花火のほうに向けた。

律の横顔が、花火と月で照らされている。

中学生のときよりも大人っぽくなった。いや、最後に会った二週間前よりも。そう思うと途端に律が色っぽく、艶《つや》っぽく感じられて、心臓がぎゅっと締めつけられる。

どのくらい、そうしていただろう。律が不意に口を開けて、

「おれ、好きだな」

と言った。

視線はあたしに向けられていたわけじゃない。彼の〝好きだな〟は、友人のことか、もしくは花火か海か、夏か、それらすべてを眺めて過ごすこの瞬間のことか。その辺のこと

を指している。

そう頭ではわかっていた。なのに。

「――っえ？」

心臓が跳ねて、思わず大きな声を発してしまう。

あまりに予想外の反応だったのだろう。律も「え？」とあたしと同じような声を漏《も》らして振り返る。

となりにいなければ、律にバレなかったはずだ。あたしと律の距離がもう少し離れていたら、雲ひとつない夜空の満月の日でなければ、律にあたしの顔はよく見えなかったはずだ。

けれどあいにく頭上には大きな月が光り輝いていて、あたしと律は肩が触れ合うほどそばにいた。だから、律にあたしの赤く染まった顔を見られてしまった。

なにか言い訳をしなくてはいけない。

赤くなったのは勘違いしたからだと、素直に言って笑い飛ばせばいい。

なのに、声が出ない。

額に、八月の熱気による汗ではない、冷や汗がまじるのがわかった。それがとろりと流れ落ちる。八月の夜は、暑い。生ぬるい風が体にまとわりつく。

律の視線が、あたしを捉《とら》えて離さない。

「あ、あの……」

なにか言え。なんでもいいから。

必死に脳があたしの体に指令を送る。けれど、壊れたロボットみたいな声しか出せない。

「千鶴」

律が、あたしの名前を呼ぶ。その声はいつもよりも低く、真面目なトーンだった。

体が小さく震える。

なにも言わないで。そう必死に心の中で叫ぶ。

「千鶴、もしかして……おれのこと好きなの？」

なんで、こんなことになったのだろう。

律に告白する気なんてなかった。そんな勇気はまだ、なかった。

シューパチパチパチ、と遠くから花火の音が聞こえる。同時に、友だちがきゃはははと笑う声も。

そして。

「ごめん、千鶴」

波の音にまじって、律が言った。

あたしはなにも言っていないのに。そんな悔しさが胸に広がったけれど、あたしの反応は自分でも思うほどあからさまだったという自覚もある。

夏の夜はうるさい。けれど静かだ。だから、すべての音が小さくともはっきりと聞こえてくる。

唇を噛んでから、気持ちを必死に静める。

そして受けいれる。

はじめからわかっていたことだ。

胸に広がる悲しみは、振られたからじゃない。今のこの夏の日から、この瞬間から、あたしたちの関係がかわってしまうからだ。

「……そっか。そうだよね」

なんてあっけない片想いの終わりだ。まさか告白する前に気づかれて振られるなんて、間抜けすぎる。

でも、有耶無耶《うやむや》にせずにはっきりと断ってくれたことで、律に愛情とは別の信頼を感じる。やっぱり、律は誠実だ。

「なんか、あたしも……ごめん」

無理矢理笑みを顔に貼りつけて答える。よくやったと自分を褒《ほ》める。ここで泣いてはいけないことはわかるから。泣くのはいつだってできるから。

「ごめん」

もう一度、謝られた。

「今言うのは……ちがうかもしれない。あとでみんなに報告するつもりだったけど、でも、千鶴には今ここで言わなきゃいけない気がするから、言ってもいい？」

律の瞳に花火が反射して、火花が散ったみたいに見えた。

「おれ、彼女ができたんだ」

頭を鈍器《どんき》で殴られたような衝撃を受ける。

「つい、数日前なんだけど」

まさか、会わなかった、たった二週間のあいだに、律に彼女ができるとは。

いったいいなにがあってそんなことになったのか。

ぐっと奥歯を噛む。

律が機嫌よさそうだったのは、このことを、みんなに報告するつもりだったからか。

いつか、律に彼女ができるかもしれないとは、思っていた。

ひとは、いずれは誰かを愛するから。

あたしが律を好きになったように。父親が、恋人を作り、再婚をしたように。

律にとってそれがあたしではないことはわかっていた。わかっていても、覚悟はしていても、それは思った以上に胸を締めつけてくる。

失恋の痛みは、そのときにならないとわからないんだな。

でも、これでよかったのかもしれない。

もしも思いを秘めたまま律に彼女ができたことを知っていたら、あたしはもっと苦しい思いをしただろう。ちゃんと区切りをつけられる機会ができたってことだ。

「あの、千鶴?」

恐る恐るといった様子で律が声をかけてくる。口を開くと泣いてしまいそうなので閉じたまま返事をして顔を上げる。

「おれは、千鶴のこと、大事な友だちだと、そう思ってる」

なんでそんなことをわざわざ言うのだろう。不思議に思いつつも、それも律らしいなと感じる。惚れた弱みというやつだろうか。ついさっき振られたとはいえ、今もまだ律が好きなことにはかわりないから。

「これからも、千鶴とは友だちでいたいよ、おれ」

不安そうな律に、ふっと笑みがこぼれ落ちた。

「――ごめんね」

今度はあたしがさっきの律の台詞《せりふ》を口にする。声がちゃんと出せたことにホッとする。

「そう言ってもらえるのはうれしい。けど、それは、無理」

あたしの返事が意外だったのか、律が少し目を見開いた。

「すぐに気持ちを、切り替えられない。律の彼女の話をどういう顔で聞けばいいのかわかんない。きっと苦しくって、それが態度に出ちゃうと思う。そしたら……みんなに気づかれて、気まずい感じになるかもしれないじゃん」

考えるだけで無理だとわかる。ちょっと前までは、律に彼女ができたら仕方ないと受けいれられるような気がしていた。けれど、そんなのは気のせいだった。

苦しくて悲しくて悔しくて、あたしはめちゃくちゃしんどくなるだろう。実際にはその数倍も苦痛を感じて、その場で泣いてしまうかもしれない。そんなの絶対いやだ。

足を踏み出して、律から離れる。

「話しかけないでとか、そういうんじゃないけど……。みんなと集まって遊ぶことはあると思う。でも、個人的なやり取りは、無理かな」

「……いつまで?」

「あたしがほかのひとを好きになったり付き合ったりしたら、そうでなくてもこの気持ちが消えたら、気にならなくなるかもしれないけど、それがいつになるかはわかんないや」

われながら曖昧《あいまい》な返事だなと思う。

でもそうとしか言えないので仕方がない。

「そう簡単に過去も、記憶も、なくならない、からね」

以前、律があたしにそう言った。

律の返事は聞こえなかったけれど、あたしは前を向いて友だちのもとに向かった。

この瞬間、あたしと律は、これまでのような友だちではなくなった。

自分で言ったことなのに、傷つく自分の身勝手さに苦笑する。

きらきら、パチパチ、弾ける色と音の中に、波音がまじる。月に照らされた海面がゆらゆらと揺れている。

今日のこの日を、あたしは忘れることはないだろうと、そう思った。

あたしの恋が、終わった日だから。

＋　＋　＋

外に出た瞬間に耳に響く蟬の大合唱は、いつかひとを殺せるのではないだろうか。

鼓膜のそばに蝉の集団がいるかのようなやかましい鳴き声に顔を顰《しか》めて、重苦しい夏の空の下に足を踏み出した。

「あー……しんどい」

歩きだして一分でそんな声が漏れる。バス停に着くころにはすでに家に帰りたくなっているはずで、学校に着いたらもうここから動きたくないと机に突っ伏すだろう。高校生になって二年目、毎日のことだ。だからこそ夏の朝はいつも憂鬱だ。

バスの中はいつものようにひとがぎゅうぎゅうに詰め込まれていて、蒸し暑い。

そんな時間にしばらく耐えて駅に到着し、ほっとしたのも束《つか》の間《ま》——。

「あ、千鶴」

改札の前にいた律があたしに気づいて声をかけてきた。

あたしの眉間《みけん》がぎゅっと寄る。

「……おはよう」

渋い顔で律に返事をして、彼の横を通り過ぎる。が、律は当然のようにあたしのうしろをついてきた。

「おはよ。偶然だな」

「昨日も偶然？　一昨日も？　先週も？」

嫌みを返すと律は「偶然」と平然と言った。前を向いているので背後にいる律の顔は見えないけれど、きっとのほほんとした顔をしているだろう。

律は、いつからこんなにしれっと嘘をつくようになったのだろうか。あたしが知らなかっただけで昔からしょっちゅう嘘をついていたのだろうか。

足を止めてくるりと振り返る。律は軽く首を傾げてあたしを見返してくる。

「なんで毎日毎日、話しかけてくるの？」

「千鶴、毎日その質問をおれにするよな」

「律が何度言っても忘れるみたいだからね」

ふはは、と律が笑う。

このやり取りを、いつまで続けたらいいのだろう。

――もう、一年ちかくになるというのに。

律に気持ちがバレて振られたのは、去年の、高校一年の夏休みだ。

そのときあたしは律にはっきりと、間違いなく、これまでのような友だちではいられないと言った。律だってそれを受けいれてくれた、はずだ。

なのに。

「どうせ目的地は一緒なんだから、いいじゃん」

律の返事に、はあーっとため息をついて、諦《あきら》める。

なにを言っても豆腐に金属バットでフルスイングしているだけだと虚《むな》しくなり、抵抗しきれなくなる。なんだかんだ毎回この調子だ。

だいたい、あたしを振ったその日の夜に『おれは千鶴とこれからも友だちでいたい』とメッセージを送ってきた時点でおかしいとは思ったのだ。

あの日、あたしは律に振られて十分ほどしてから、律と一緒にいるのが苦しくて、家から連絡があったとみんなに嘘をつきひとり先に帰宅した。そして自室に閉じこもり、布団をかぶってしくしくと泣いていた。メッセージが届いたのは、そのときだ。

驚きよりも怒りで頭がいっぱいになった。なので『無理。ごめん』と素《そ》っ気《け》ない返信をした。一晩寝ると気持ちも落ち着いてきて、あの返事はちょっと冷たかっただろうかと後悔したけれど、それから二学期がはじまるまで律はあたしになんの連絡もしてこなかった。

このまま、あたしと律はただの同級生になるのだろう。

廊下ですれ違ったときに挨拶《あいさつ》をするだけ。同級生と集まるときに同じ場にいるだけ。

そんなふうに過ごしていれば、いつか、この片想いは昇華《しょうか》されるはずだ。

もとのような友だちには戻れなくとも、顔を見て笑って話せるようになれたらいい。

律に振られたからといって、律への想いがなくなったからといって、律のことをきらいになるわけではないから。

──と、失恋の痛みに浸《ひた》っていた。

けれど二学期の始業式の日、律は満面の笑みで「千鶴、ひさびさ」とあたしに話しかけてきた。そして、「こないだ階段から落ちてスマホが壊れてさ」「そのせいでしばらくスマホが手元になくてさ」と、呆然とするあたしを無視して話し続けた。

ひととおり律が話し終えてから、あたしはやっとハッとして「あたし、律とは友だちではいられないって言ったよね」「しばらく、話しかけないでほしい」と伝えた。

そのときの律は「え?」と驚いた顔をしていた。驚きたいのはこっちだよ、と呆れながら律に背を向けた。

なのに、一週間もしないうちに律はまた話しかけてきた。

律にとっての〝しばらく〟が短すぎる。

そして驚くほどのしつこさだった。

何度突き放しても以前のように──いや、以前よりも親しげに声をかけてきた。あたしの冷たい物言いに怯《ひる》んでいたのははじめだけで、今ではなにを言っても平然と、むしろぐいぐい食いついてくる。

二年になっても、相変わらずだ。いや、なんだかどんどん図々しくなっている。なぜ駅であたしを待っているのだろう。なんだかんだ律に押し負けてしまうあたしも悪いんだろうけれど、それにしたってどうかと思う。

学校で律に素っ気ない態度を見せ続けていたら、律といつも一緒にいる友だちに「いい加減こたえてやれよ」とか「そんなに毛嫌いしなくてもさあ」とか、まるで悪者みたいに言われるあたしの気持ちも考えてほしい。

「あ、電車来たよ、千鶴」

階段をのぼっていると電車がやってくる音が聞こえて、律があたしの手を摑んだ。

……こういうところだよ！

と思いつつも電車に乗らなければいけないのでなにも言わず一緒に駆け足で乗り込む。

「そういえばおれさ、今日小テストあるんだよな」

「英語？　数学？」

「どっちも。やばい」

ふははと笑う律に、あたしも「やばそうだね」と笑う。

律を突き放すことを諦めると、あたしの意地もとりあえずは鳴りを潜《ひそ》める。だって、一緒に学校に向かうのに、ずっとツンツンしてるのはあたしだって疲れる。それだけだ。

が。

「なあ千鶴、週明けから期末テストはじまるし、今日一緒に勉強しない？」

電車を降りて学校までの道のりを歩いている律の言葉に、顔を顰める。

雰囲気がよくなってくると、すぐに調子に乗ったことを言いだすんだから。

「しないって何度も断ってるでしょ」

「そうだっけ？」

律はとぼけたふりをする。絶対覚えているくせに。

それでも何度も誘うのは、あたしが押しに弱いことをわかっているからだ。

だが負けない。あたしは負けない。ここで受けいれたら、この先卒業するまで律と勉強する羽目になる。それだけは阻止《そし》しなければ。

「律は大概《たいがい》しつこいよね」

「そうかな。まあでも、一度好きになったら途中で飽きたりやめたりすることはないけど。千鶴に冷たくあしらわれても」

その言い方は、あたしのことを好きだと言っているように聞こえるのでやめてほしい。

律にとっては〝友だちとして〟という意味になるのはわかっている。前よりも頻繁《ひんぱん》な気がするのは、態度が冷たいあたしの機嫌を取ろうとしているからだろう。

律にとっての〝好き〟は羽のように軽い。

かつて自分の言った言葉を、律は覚えていないのか。

なにが、記憶はなくならない、だ。

「嘘つき」

「なんでそうなるんだよ。ひどいな、千鶴は」

肩をすくめた律にため息をつくと、「千鶴にため息は似合わないよ」と言われた。誰のせいでため息をついていると思っているんだ。

「なあ千鶴」

「今度はなに」

また図々しことを言うのでは、とじろりと睨《にら》むとにやりと笑われた。

「千鶴、前髪寝癖《ねぐせ》ついてる」

「……っ！　そ、そういうことははやく言ってよ！」

ぱっと両手で前髪を押さえて叫ぶ。

いつから？　ちゃんとセットしてきたのに！　あのときはおさまっていたのに！

「はは、真ん中あたりがくるんって一束だけ浮いてんの」

「なんで今言うのよー」

「ひとがいっぱいいる電車の中とかで指摘するのは恥ずかしいかなって思って。かといって学校に着いてからじゃ遅いし」

そうだけどそうじゃない。駅で会ったときにすぐに言ってくれれば、ヘアピンで留《と》めるなりなんなりできたのに！

「ごめんごめん、でも、うん、そんなに変じゃない」

前髪を押さえていたあたしの手を取り、寝癖の具合を確認した律が微笑む。そしてあいているほうの手であたしの前髪をそっと撫でた。

……そういうところ！

うおい、と心の中でツッコミを入れて、「もういいよ」とそっぽを向く。それほど強く握られていなかったあたしの手は、すると律の手から離れた。

やめろ、赤くなるな。頬を染めるな。

律はひととの距離感がバグっているのだ。

「大丈夫だって、かわいいから」

「そういうお世辞はいらないの。からかってるならタチが悪いからやめて」

「どっちでもないのに」

もううるさい。

律を置いていくようにぐんぐんと足を進ませる。けれど足の長さがちがうせいで、律を引き離すことはできなかった。常に一定の距離――あたしのとなり――をついてくる。

「見たよー。相変わらずう」

校舎に入りやっとのことで律と別れると、背後から声をかけられる。振り向くと同時に肩に腕を回されて、至近距離に、真希のにやにや顔があらわれた。

二年では同じクラスになった真希と、そのまま並んで教室に向かう。

「朝からいちゃついちゃって」

「そんなんじゃないって、真希も知ってるでしょ」

真希ときいちゃんは、あたしが律に告白したこと（実際にはバレただけだが）と、振られたことを知っている。そっかー、と話をしたときは慰《なぐさ》めてくれたけれど、今ではこうしてからかってくる。それもこれも全部律のせいだ。

「千鶴、もう律と付き合えば？」

なんでそうなるんだ。

「あたし振られたんだけど？　一年前に」

「一年前のことでしょ。一年も経《た》てば気持ちはかわるって。それまでは千鶴を意識してなかったから振ったけど、そのあと妙に気になりだして自分の気持ちに気づく、ってのは恋愛ではありがちじゃん。律はそういうタイプだし」

「真希もご存知のとおり、律はあたしを振って一ヶ月も経たないうちからあの調子だよ。それに」

それに？　と訊き返してきた真希に、なんでもない、と首を振った。

万が一律が真希の言うようにあたしを好きになったのだとしても、あたしは、もう律とは付き合う気がない。というか、付き合えない。

現時点で律を信じることが難しいあたしは、律に好きだと言われたらなおさら、律を信じられない。

――律には、彼女がいたから。

それを知らなければ、あたしは律に対して今のように不満に思わず、真希の台詞にも期待を抱いただろう。一年後の今、律に二度目の告白だってしたかもしれない。

でもあのとき、律には彼女がいた。

そのことを、あたしは誰にも言わなかった。律が自分からみんなに報告すると思っていたから、あたしから言う必要はないと思っていた。

でも、きいちゃんや真希から、律の彼女についての連絡はなかった。気を遣《つか》われているのかもしれないと考えたけれど、隠したところでいつかバレることだ。それはないだろう。

タイミングを逃したのかな、まあそのうち話すんだろうな、と思っていた。

けれど、去年の、二学期に入ってすぐのことだ。

相変わらず話しかけてくる律にうんざりしながら対応しているとき、律の友人が駆け寄ってきた。バイト先で出会った子と付き合うことになったんだー、と自慢げに語りだした男子に、別の男子が悔しそうに顔を歪めながら「律は？　律は彼女いないよな？　オレといっしょだよな」と訊いた。

――『いないよ、彼女なんか』

律はそう言った。

嘘をついたのかもしれない。からかわれるから誤魔化しただけかもしれない。友だちに気を遣って合わせたのかもしれない。すでに別れたという可能性もある。

そのうちのどれが真実でも、あたしはあの瞬間、律のことを信じられなくなった。

あたしが律に振られて一ヶ月も経っていなかった。にもかかわらず、律は平然と、彼女なんかいないと言った。そしてあたしに話しかけてくる。

そのことが、理解できなかった。

過去を、思い出を〝なかったこと〟にできる律は、あたしの知っている律じゃないみたいだった。

だからあたしは、今、律のことが、きらいだ。

今の律は、あたしの好きになった律じゃない。

きらいなのに、律を完全に拒絶できない自分のことも、きらいだ。

ひとの感情はややこしすぎて、あたしには手に負えない。わかったと思っても、わからなくなる。これでいいんだと思っても、不安になる。

今現在のあたしは、いろんなことがわからなくなっている。


家に帰宅すると、玄関の鍵はかかっていた。開錠して中に入ると、階段からのそのそと降りてきたセツがあたしを出迎えてくれる。誰かの「おかえり」の言葉のかわりに、セツの鳴き声が響く。

「ただいま、セツ」

セツを抱きかかえると、ささくれていた気持ちがやさしく包まれるのを感じる。

電気もついていない、冷房も効いていない、澱《よど》んだ空気が漂うリビングを避けて、セツを抱いたまま二階の自室に向かった。部屋の中はセツのために冷房をつけたままにしていたおかげで、数分休むとすぐに汗がひいていく。

十分に涼んでから、制服を脱いで部屋着に着替えた。一階に降り、リビングの電気と冷房をつけてふと、洗濯物が溜まっていたな、と思い出し洗面所に向かう。セツは相変わらずあたしのあとをついてくる。でもまだ、セツとのんびりは過ごせない。洗濯機を回して、コードレス掃除機を手にしてざっと一階をまわる。それが終われば冷蔵庫の中を確認し、麦茶を飲みながら晩ご飯のことを考える。

父方の祖母が先週家に来てくれて作り置きをたんまりと置いていってくれたおかげで、今日は簡単に準備ができそうだ。お米を炊いておけばなんとかなるだろう。

「お待たせ、セツ」

やっとソファに腰を下ろし、セツを呼ぶ。待ってましたと言わんばかりにセツが膝《ひざ》に飛び乗ってきた。

セツの柔らかな毛を撫でつつ、スマホを取り出して時間を確認する。表示されている時刻とともにあらわれた日付を見て、

「もう、三ヶ月か」

と独《ひと》り言《ご》つ。

この家の中に、あたしと父親だけになって――つまり、くるみさんがいなくなって、三ヶ月が経った。

三ヶ月前、帰宅するとくるみさんの姿がなくなっていた。買い物にでも行っているのかと『どこに出かけてる？』とメッセージを送ると、『ごめんね』とだけ返事があった。父親に話をすると、用事ができて実家に帰ったのだと言われ、そのまま今に至る。

正直、くるみさんが家を出たことには、それほど驚かなかった。

その数ヶ月前から、くるみさんの様子がおかしかったからだ。

去年の秋、くるみさんは二度目の流産をした。

一度目は四年前の梅雨《つゆ》明けごろ、妊娠をきっかけに父親とくるみさんが入籍してすぐのことだ。そして去年の夏、夏バテだと思っていたくるみさんが妊娠していたことがわかった一ヶ月後、病院から帰ってきたくるみさんは泣き崩れた。

次の日、くるみさんは「仕方ないよね」と自分を納得させるように笑って言った。

あれから、家の中の雰囲気が、ゆっくりと、けれど確実にかわっていくのをあたしは感じていた。

明るくて活動的だったくるみさんは家に引き籠《こ》もりがちになり、父親はそんなくるみさんを腫《は》れ物のように扱うようになった。おそらく、あたしも。

それがいやになったのだろうか。

癒《い》えることのない体と心の傷に、限界がきたのかもしれない。

それとも別のなにか、決定的なことがあったのだろうか。

父親はときおりくるみさんに会いに行っているらしいけれど、今のところ、くるみさんが帰ってくる様子はない。

二ヶ月前から父方の祖母が家に来て家事をしてくれるようになったのはありがたいが、それがよけいに、もう無理なんだろうな、とあたしに感じさせた。

遠くで洗濯機が稼働している音が聞こえる。そのくらい、家の中が静かだ。

もうすっかり慣れたはずの静寂《せいじゃく》や、かつてはあたりまえだったひとりきりの家の中が、心細くて仕方なくなる。

いつの間にか手が止まっていたらしく、セツが前脚を出してあたしに撫でろと要求してくる。

「ごめんごめん」

セツの甘えん坊は筋金入りだ。苦笑してセツの求めるままに体を撫でる。気持ちよさそうに目を細める姿は、子猫のときからかわらない。

「セツだけだね、かわらないのは」

セツだけが、いつまでもあたしを好きでいてくれる。だからあたしも、セツにはかわらない気持ちを抱き続けていられる。

みんな、セツみたいにかわらないでいてくれたらいいのに。

そしたら世界はもっと、単純でわかりやすいのに。

フオオオ、と冷たい風を吐き出すエアコンの音を聞きながら目を瞑《つぶ》る。

瞼《まぶた》の裏に、セツを拾ったときのことが蘇《よみがえ》る。


「猫だ」

道端《みちばた》に落ちていたボロ雑巾《ぞうきん》を見て、律が言った。

中学三年生の、夏休みに入ってすぐ、みんなで夏休みの宿題を一緒にするため図書館に向かっている途中だった。

待ち合わせ場所の中学校から歩きだしてすぐに、律はボロ雑巾――ではなく、ぼろぼろになった子猫を見つけた。子猫に駆け寄った律は、猫に息があるのをたしかめるとリュックからタオルを取り出して包《くる》んだ。ハンカチを水筒に入っていた冷たいお茶で濡らしそっと猫の口元に近づけると、子猫は小さく体を震わせた。猫の扱いに慣れた手つきだった。

「どうするの?」

「……どうしようか」

そばに近づき問いかけたあたしに、律は猫を見つめたまま呟く。

愛《いと》しそうに猫を撫でながらも、律はその場を動かなかった。

「律はどうしたいの？」

そう訊いたのは、なんとなくだ。なんとなく、律はどうしようかと迷っているわけではなく、躊躇《ちゅうちょ》しているように感じたから。

律は驚いたように目を見開いてあたしを見てから、「助けたい」と答えた。

でもお金がないし、家では飼えない。悔しそうに声を絞り出して律は想いを口にした。

その返事を聞いてあたしはすぐに律の手を引いてみんなと別れ、動物病院に向かった。助けるために、まずしなくちゃいけないことは病院だと思ったからだ。お金と飼う場所はそのあとで考えたらいい。

律の両親は共働きだったため家におらず、あたしが家に電話してくるみさんに支払いを頼んだ。

衰弱していた子猫は病院で数日様子を見てもらえることになったけれど、問題はそのあとだ。子猫は生後数週間ほどで、数時間おきにミルクの世話をしなくてはいけなかった。

律は以前、生まれたての子猫を庭で見つけて育てたことがあったらしい。けれど、律は家に連れ帰ることを渋っていた。

「おれ、もう猫を飼いたくないんだ。前の猫が死んだのは、おれのせいだから」

くるみさんが来てくれるまで、病院の待合室で椅子に並んで座って待っているときに、律はあたしに教えてくれた。

「……律のせいだと、飼っちゃだめなの？」

「だめっていうか……おれがいやなんだ。前の猫のかわりにしてしまいそうだろ。もう一度猫を飼ったって、やり直せるわけじゃないのに」

律の猫はなにがあって亡くなったのだろう。律は自分のせいだとは言っていても、本当にそうなのかはわからない。

でも、律の気持ちはなんとなく、完全に一緒ではないけれど、わかる部分があった。

実の母親はあたしのせいで亡くなったのではないかと、そう考えてしまうときがあるから。あたしがくるみさんを、お母さん、と呼べないのは、同じような感情からきているから。

それを父親にも祖父母にも言ったことはない。言ったところで、そんなことない、と否定されることはわかっている。

「でも、そのままでいいのかって、不安になることはない？」

「え？」

「……いや、律に猫を引き取ってってことじゃないよ。ただ、あたしは、過去はいつか、切り離さないといけないんじゃないかって、そうしなくちゃいけないんじゃないかって、思うときがあって」

会ったことのない実の母親を想い続けるのは、家族になったくるみさんに失礼なことかもしれないとずっと思っていた。だから、母親ではなく〝くるみさん〟と呼び続けるのはちがうのかもしれない。母親だと思えないあたしは、くるみさんを傷つけている存在かもしれない。

でも、あたしにとってくるみさんはくるみさんで、母親ではない。

くるみさんのことは好きだけれど、どうしても〝お母さん〟とは呼べない。

父親が再婚してから、ずっとそのことに後ろめたさを感じている。

だからせめて、と毎年父親と一緒にしていた、母方の祖父母の家への帰省を、今後は控えようと思った。

「なのに、過去を切り離して今を見ているひとを見ると、なんでそんな簡単に忘れられるの、なんでかわっちゃったの、て、思っちゃうんだけど」

父親が今年は行かないつもりなんだ、と言ったとき、あたしは実は、ショックだった。

自分だって行かないことにしようと思っていたのに、父親が先に言いだしたことに苛立《いらだ》ちを覚えた。

父親は過去を忘れてくるみさんを優先したんだと、勝手に裏切られたような気持ちになった。

くるみさんと会うまでの、母親を想い続けていた父親でいてほしいのか、くるみさんと出会ってからの幸せそうな父親でいてほしいのか、わからない。

なんで祖父母の家には行かないと言ったのか。もう母親のことは忘れてしまったのか。責めたくなる。でも忘れていなければ、父親にとってくるみさんの存在はなんなのかと問い詰めたくなる。

どんな答えが返ってきても、あたしはなにかしらの不満と疑問を胸に残すだろう。

「って、なに言ってんだろ、あたし」

はっとして律に「ごめん」と謝る。

詳細を伝えるならまだしも、曖昧な情報だけでは律も反応に困るだろう。

気持ちが消化できずに彷徨《さまよ》っているから、こんなこと口走ってしまうんだ。

「そう簡単に、過去ってなくならないよ」

漠然《ばくぜん》としたことしか話せなかったのに、律はまるで、あたしの悩みを知っているかのように言った。

「忘れようとして忘れられるならよかったのにって思うくらい、簡単にはなくならないとおれは思う」

　まっすぐに見つめられて、あたしはこくりと頷いた。

「忘れたように振る舞っても、忘れられないから。おれも、千鶴も、たぶん、みんな。その重さは、ひとそれぞれだとは思うけど」

「……みんな？」

「うん、みんな。それが、些細《ささい》なことでも。そうじゃないなら、なおさら」

　最後の返事ははっきりと、確信を持っているかのように言われた。

「そっか。そうだね」

　みんな忘れるわけじゃないか。そりゃそうか。そうだよな。

　胸にすとんと、そんな言葉が落ちてきて、体がふわりと軽くなった。

　あたしが母親の実家に帰省しなくなったからといって、父親がくるみさんと再婚したからといって、すべてがゼロになるわけじゃない。少なくともあたしは、実の母親のことを忘れられない。

　父親も、同じなのかもしれない。

　かわったように見えるけれど、なにも、かわっていないのかもしれない。そういうものなのかもしれない。

「おれがあの子猫を助けたいと思ったのも、見つけたのに見て見ぬふりをしたら、おれのせいで死んだことになる気がしたから。おれはもう、おれのせいで誰かが死ぬのは、いやなんだ。生きているおれは、誰かを助けなきゃいけないと思うから」

そうでないと、と小さな声が聞こえてきたけれど、律はそれ以上なにも言わなかった。

誰か、とはさっき言っていた猫のことだろうか。まるで、ひとのように聞こえたけれど。

「千鶴はどうしたい？」

律に訊かれて、首を傾げる。

「さっき、千鶴がおれにそう言ってくれただろ。猫は飼えないけど、あの子猫は助けたかった。千鶴の言葉で、そんなふうに考えてもいいよなっておれは思えた。千鶴は？」

律の言葉に、あたしは「うん」と笑う。

「あの猫をあたしの家族にしたい」

律は「じゃあそのために、おれも協力する」と猫をしばらく引き取ると言ってくれた。

あたしの腕の中にいるセツは、あのころとは比べものにならないほど大きく、若干肥満気味なほど成長した。

病院に来てくれたくるみさんとそのあと一緒に律の家に行って、しばらくのあいだ猫の世話をしてくれることへのお礼を言いに行った。律の両親は顔を見合わせてから、猫を抱きかかえる律に「大丈夫？」と心配そうに訊《たず》ねた。律は「うん」と答えた。

我が家にやってきたのは猫がドライフードを食べられるようになった二ヶ月後のことだ。子猫はとても人懐っこく、連れてきてくれた律の胸の中で気持ちよさそうな顔をしていた。律は、さびしそうに微笑んでからセツをあたしに預けて帰っていった。

「セツはまだ、律を覚えてる？」

話しかけると、セツはちろりとあたしに視線を向ける。

律はあれから一度もセツには会っていない。セツの話題すら、律からは口にしない。もしかしたら、律はもうセツのことを忘れているのではないかと思えてくる。

去年までは、セツを見ると昔の飼い猫を思い出すからだろうと思っていた。けれど、どうだろう。なんせ、付き合っていたはずの彼女を、なかったことにしているくらいだ。セツのこともう記憶にないんじゃないだろうか。

自分に彼女がいたことも。

彼女の存在を忘れているはずがない。律は過去はなくならないと、忘れられないと言った。だから、覚えているはずだ。なのに、なかったことにしたのが、あたしには信じられない。

それは、あたしの告白さえ、なかったことにしているのと同じだ。

みんな、勝手だ。

律も、父親も、くるみさんも。

「ムカつく」

セツのお腹《なか》にぽすっと顔を埋めて呟いた。


七月も半ばになり、無事に期末テストが終わる。ということは、夏休みだ。

みんな同じ気持ちなのだろう、チャイムが鳴った瞬間、教室は弾けるように騒がしくなった。今この瞬間から終業式までは、気楽な気持ちで学校に通える。そのあいだにテストが返ってくるけれど、それは今気にしても仕方がない。

んーっと背を伸ばして、トイレに行こうと立ち上がる。

「あ、千鶴」

廊下に出た瞬間呼ばれた声に、眉間をぎゅっと寄せる。その顔のまま振り返ると、律が数人の男子と一緒にいた。

「ひどい顔だな。テストできなかったのか」

なぜあたしのこの顔が自分のせいだと思わないのか。

「なんで律がここにいるの」

「千鶴と真希に用事があったから」

「教室に真希がいるよ。真希に言ってくれたらあとで聞くから」

「今日放課後あいてる？」

あたしの話を無視するのはやめてほしい。

「あいてない」

真希とクラスの女子数人でカラオケに行く予定だ。

「夜ならあいてるだろ？　多少遅れても大丈夫だし」

全然ひとの話を聞かない律に、脱力する。

あのねえ、と文句を言おうとすると、そばにいた律の友だちがぶははと噴き出した。

「相変わらず振られまくってんな、律」

「いい加減どっちかが諦めないと終わんねえよ。千鶴ちゃん、とりあえず律がこんなにベタ惚れなんだからさ、一度付き合ってやってもいいんじゃない？」

「なんでそうなんの」

まるで律があたしを好きで、あたしが律を振っているみたいに言わないでほしい。これまでも同じような感じでからかわれることはあったけれど、どんどん悪化している。

「律はけっこういい男だと思うけどなあ。なにが気に入らねえの？」

「そういうんじゃないから、やめて」

いつものことながら不満を顔に出して男子を睨むと、「不毛な片想いだな、律」と男子のひとりが律に憐《あわ》れみの目を向ける。

なんで律が同情されるんだ。あたしにしてほしい。あたしが振られた立場なんだぞ。そんなことを自己申告するのは恥ずかしすぎるので言わないけど。

くそう。これが人徳ってやつなのか。

「まあ、がんばれ律。オレらは律の味方だからな」

「ははは、ありがと」

「ちょっと、律も調子合わせないでよ」

ぽんと肩を叩き律を残して去っていく友だちに、律も軽口でこたえる。

あたしの言葉は男子にも律にも無視される。ひどい。っていうかなにしに来たんだあいつらは。からかうために律についてきたのか。律とふたり取り残されたのも気に入らない。

「花火」

「え?」

むうっと律の友だちの背中を睨んでいると、律が言った。

「今日、毅が花火しようって。去年のやり直しに」

なんだ、やり直しって。

怪訝《けげん》な顔を見せると、律が「千鶴も来てよ」と言葉を付け足した。

「……行かない。真希は行くかもしれないから、誘ってみたら?」

律から視線を逸《そ》らして答える。

毅たちとはこの一年も何度か遊んだ。その中にはもちろん律もいた。律のせいでみんなと遊べなくなるのはいやだし、みんながいればそれほど気まずさを感じずに済むからだ。

でも、花火はいやだ。

どうしたって去年のことを、振られた日のことを思い出す。

「なんで?」

「なんでって、わかんないの? そんなに律は、あたしのことがどうでもいいの?」

心底不思議そうに言わないでよ!

廊下で、ほかにも生徒がいるのに思わず強い口調で言ってしまう。はっとして唇を噛むと、情けなくて涙が出そうになる。花火という単語のせいで、感情が乱れてしまう。

「律……もうやめて。お願いだから、話しかけないで。前みたいに接してこないで」

じゃないと――いつまでも過去の律が忘れられない。

過去の律と今の律を比較して、どんどん律がきらいになる。

「あんなふうにまわりに誤解されるのもいやなの」

「誤解なんかされてないよ」

あたしの声を遮《さえぎ》るように、律がきっぱりと、はっきりと言った。

「友だちとしての〝好き〟でしょ。律はそういうつもりでも、まわりが言っているのはそういうことじゃないよ、そんなこともわかんないの？」

「わかるよ。だから、誤解じゃない」

「なに――を……」

反論しようと口を開いたものの、律の言葉が脳内で繰り返されて、声が途中で止まる。

誤解でなければなんなのか。誤解でなければ――それが真実だと、そういうことなのか。

つまりそれは。

目を見張り、ゆっくりと顔を上げる。

真剣な律の視線とあたしの視線がぶつかった。

「律、もしかして……あたしのこと好きなの？」

かつてこの台詞を口にしたのは、律だった。

律は「うん」とあっさり答える。

「……なんで？　そんなわけないでしょ。律には、彼女がいたでしょ。別れたの？　なにがどうなって、あたしなの？」

唖然とするあたしを見て、律は口の両端を引き上げた。

細められた瞳には、さびしさが浮かんで見えた。夜空にぽっかりと浮かぶ三日月みたいだと、そんなことを思う。

「彼女、か。そのことなんだけど」

律がぽりっとおでこを指先でかく。そこには傷痕《きずあと》があった。よく見なければわからないくらいの、薄いものだ。

「なんか言い訳みたいになりそうだし……言うタイミングもわからなくて伝えてなかったんだけどさ、実はおれ、去年の夏休みの記憶が、一部ないんだ」

話し方を忘れたみたいに、口から空気だけが漏れる。そんなあたしを一瞥《いちべつ》して律は話を続けた。

「去年、海の近くにあるビルの階段から落ちたって言ったじゃん。そのとき頭を打ったみたいで、その日から遡《さかのぼ》って二週間くらいの記憶がぽっかり抜け落ちてるんだ。最後の記憶は、みんなでお化け屋敷に行った次の日くらいかな」

「な……に、それ。嘘でしょ?」

やっと声が出せたと思ったら、ひどく震えていた。弱々しすぎてちゃんと律の耳に届いたのか不安になるほどだった。

「それほど支障もないし、心配かけそうだからまわりには言ってないんだけど。知ってるのは倒れてたおれを見つけて救急車呼んでくれた毅と、あとは両親くらいかな」

記憶喪失、ということだろう。

そんなの、全然知らなかった。

「毅が言うには、その日、みんなで花火をしたんだって」

じゃあ律は。

「でも、おれはその日のこと、思い出せないんだ」

あたしの気持ちに気づいたことも、そして振ったことも、その振った理由さえも、記憶にないってことなのか。

「か、彼女の、ことは」

律は肩をすくめて無言で答えた。

彼女のことも、律は覚えていない。

なかったことにしたわけじゃない。律の記憶の中には、本当になかったんだ。

「だから、二学期に入って千鶴が急に冷たくなったのが意味わかんなくてびっくりした。告白したとか振られたとか彼女とか、千鶴に言われたときに言えばよかったんだけど……自分でも信じられなくって。マジで記憶にないんだよな」

「嘘だよ、そんなの。なんで忘れるの。じゃあ、この一年の律はなんだったの」

「おれは、おれだよ」

ちがう。全然ちがう。

首を横に振って、律の言葉を否定する。

「頭を打って、記憶をなくして、性格がかわったとしか、思えない」

「二週間しか失ってないのに、性格がかわるわけないじゃん。毅にもほかの友だちにも、そんなの言われたことないし」

微苦笑を浮かべた律を、あたしはどう受け止めればいいのだろう。

頭の中がぐちゃぐちゃだ。考えがまとまらない。自分の発言がひどく自分勝手なことだけはわかる。律は好《す》きこのんで記憶を失ったわけでもないのだから。

でも。

「無理。だって、あたしは、覚えてる」

律を見つめたまま、首を左右に振った。

忘れられるわけがない。あのとき、律があたしの想いに気づいて気まずそうにしたことを。迷うことなくごめんと言ったことを。気恥ずかしそうに彼女の存在を口にしたことを。

あたしは、覚えている。

「……千鶴は、ずっと、一年前のおれを見てるんだな」

律が言う。悲しそうな顔だった。傷ついたように眉を下げていた。

「おれは、今のおれのことを、見てほしい」

裏切られた気分だ。

「あたしには、無理だよ。だって、そう簡単に、過去はなくならないもん」

かつて律が、あたしに言った言葉だ。あたしはそれを、怒りを込めて律に言い放つ。


気がつけば、誰もいない家の中に立っていた。

律から背を向けて、真希たちに遊びに行くのを断ったのは覚えている。顔色が悪いと心配されたことも記憶にある。けれどその後、帰路についてからが曖昧だ。

夏の暑さすら思い出せない。五感が失われた状態で、無意識のままに帰ってきたのだろう。

「セツ」

足元に柔らかな毛が巻きつく。呼びかけるとセツは大きな欠伸《あくび》をした。

一階のリビングは、滞《とどこお》った空気のせいで蒸し暑く重苦しい。今日も、あたしが家を出てから誰ひとりとしてこの家にいなかったのがよくわかる。

三ヶ月前までは、家にはいつもくるみさんがいた。父親の再婚と同時にこの家に引っ越してきたので、この家の思い出にはいつも父親とくるみさんがいる。

けれどここに、もうくるみさんの姿はない。くるみさんにとっては、この家はつらい思い出しかないのかもしれない。

制服のままソファに体を沈めて目を瞑った。セツがのしっと乗っかってきて、あたしの頬をぺろりと舐《な》める。そこに流れる涙のしょっぱさのせいか、目を見開いてすぐにそっぽを向いた。

「……忘れたい」

無意識に、言葉がこぼれ落ちる。

涙と一緒に溢《あふ》れ出たそれは、あっという間にあたしの心のなにかを破壊した。

それを必死に守るように、静かに涙を流しながら体を丸めた。

……どのくらい、時間が経っただろう。

ふと、玄関のドアが開く音がして意識が戻る。寝ていた記憶は一切ないのに、部屋の中はもう真っ暗になっていた。涙はすっかり乾いて、睫《まつげ》に目やにがこびりついていた。

冷房をつけないまま過ごしていたので、体がじっとりと汗ばんでいる。さすがのセツも暑さにはかなわなかったのか、見当たらない。きっと涼しいあたしの部屋にいるのだろう。

「つわ、千鶴?」

むくりと起き上がると同時に、父親の驚いた声がした。

「びっくりした。ソファで寝てたのか。クーラーもつけないでなにしてるんだ」

当然だけれど、父親はひとりだ。となりにもうしろにも、誰もいない。

ポケットに入れたままだったスマホを取り出すと七時になっていた。花火に参加しているらしい真希ときいちゃんからメッセージが数件届いている。カラオケを断ったこともあり、返事のないあたしの体調を心配してくれていた。

「……ねえ、くるみさんは?」

絞り出したあたしの声に、冷房のスイッチを押した父親が動きを止める。

「くるみさんは、なんでいないの?」

「くるみは、まだ……今は、ゆっくりしたい、って……」

「くるみさんは、もうこの家のことを思い出したくないの? だから、出ていったの?」

泣いているくるみさんのうしろ姿が蘇る。

そばにいた父親は、なにを言ってもくるみさんが泣き止《や》まないことに無力感を抱いていた。その様子をただ黙って見ていることしかできなかった自分の情けなさに、あたしは胸の苦しさを感じていた。

思い出すだけで心臓がぎゅっと締めつけられる。

あの日々は、みんなにとって苦しかった。数日前まで新しい家族が増えることを楽しみにしていたからこそ、くるみさんの震える背中はよりあたしの胸を抉《えぐ》った。誰もが笑顔も声も、失った。

脳裏に蘇るだけで、同じ痛みに襲われる。あたしでさえも痛むのだ、くるみさんはその比ではないだろう。

なにもかも忘れることができれば楽なのに。あたしも、くるみさんも、父親も、全部忘れてしまえたらよかったのに。律みたいに忘れることができたらよかったのに。

でもできない。なにより――忘れたいわけでもない。

そう考えると、くるみさんの選択は致《いた》し方《かた》ないのかもしれない。

「もう、三人の家族は、終わりなんだね」

自嘲《じちょう》気味に笑って口にした。そりゃそうか、そうだよね。

「やり直すよ」

父親は軽く首を左右に振って言った。

スーツ姿のまま、ネクタイを緩《ゆる》めることもしないまま、あたしのそばに近づいてきてとなりに腰を下ろす。父親の重みでソファが軋《きし》んだ。

「まだもう少し、時間がかかると思う。けど、でも、やり直すつもりで話してるから」

父親の言葉を頭の中で反芻《はんすう》する。

「やり直すって、なにを。どうやって?」

「三人の、生活をもう一度。前みたいに」

「っそんなの、無理に決まってんじゃん!」

父親を睨み、声を荒らげる。

簡単に言わないでよ。なんでみんなそんな気軽に〝やり直す〟なんて口にできるの。

「あたしは、覚えてる。忘れられない。全部、記憶にある。お父さんもでしょう? あたしを産んだお母さんの話を全然しなくなったけど、忘れたわけじゃないでしょう? なんなの、お父さんはお母さんを忘れてくるみさんと家族のやり直しをしようとしてたの? ちがうでしょ。生まれなかったふたりの子どもを、なかったことにもできないでしょう?」

父親は、くるみさんと暮らすようになってから母親の話をほとんどしなくなった。

祖父母の家に行かなくなったように、父親は記憶から母親を消していったから。

まるで、あたしだけが覚えているみたいだった。

もちろん、そう見えるだけだ。父親が母親を忘れるわけがない。生まれた瞬間から母親がいないあたしですら、母親の存在をまわりから与えられて覚えているのだから。母親を失った悲しみを抱えていても、母親と一緒にいたときの幸せな思い出を何度も聞かせてくれたのだから。

だから、あたしはそれでいいと思った。

——『忘れたように振る舞っても、忘れられないから』

律が言った言葉のおかげだ。

それ以上に、父親とくるみさんの幸せそうな姿のおかげだ。

なのに、今のこの状況はなんなの。

きっかけはいつだって、なにかの記憶だ。そのせいでいろんなものがかわる。出ていったり忘れたり、やり直そうとしたりして、あたしのことはおかまいなしにかわっていく。

——あたしひとりだけ、うまくできていないみたいに、思えてくる。

視界が滲《にじ》んで、そばにいる父親の顔さえ見えなくなった。

なにか言いたいのに、あたしの口からは嗚咽《おえつ》しか出てこない。かといって、なにが言いたいのかもわからない。

　涙がぼとぼとこぼれて止められない。

「千鶴はもう、出ていったくるみとは暮らしたくないか？」

　ちがう。そうじゃない。

　声が出せないので、かわりに首を大きく左右に振って否定した。

　父親は「そうか」と言ってしばらく考えこむように黙り、ゆっくりと言葉を紡《つむ》ぐ。

「千鶴が生まれたときのことを、今も夢に見て飛び起きるときがある。千鶴を見てなんで彼女がいないんだろうって、胸が張り裂けそうになることもある」

　びくりと体が震えた。

「たぶん、これからもそれはかわらないよ。千鶴の言うように忘れられないし、彼女のことを忘れたいとも思ってない。苦しいし悲しいけど、同じだけの喜びや楽しさも覚えてるから。忘れちゃったらそれも、なくなるだろ」

　父親はそう言って、スーツの胸ポケットから財布を取り出した。中を開き、やさしい笑みを浮かべる。愛しそうに目を細めているその表情から、あたしの母親の写真を見ているんだろうと思った
「千鶴がいたから、そんなふうに過ごせたんだと思う」

涙がぽたんぽたんと、制服に落ちる。さっきのように溢れ出るものではなく、とろりと流れるような涙が頬を伝う。

「……くるみさんも、そう思って、くれる?」

あたしたちといることで、くるみさんは悲しいことばかり思い出してしまわないだろうか。一緒に過ごした楽しかったはずの日々も、つらい記憶とともに忘れてしまいたいと思っていないだろうか。

あたしたちがいてよかったと、そう感じてくれる日はくるんだろうか。

「忘れなくちゃやり直せないと、千鶴は思うか?」

「……お父さんは、覚えたままで、やり直そうと思ってるんだね」

手の甲で目元を拭《ぬぐ》うと、父親が微笑んでいるのが見えた。父親の瞳は涙で濡れていた。

――『忘れたように振る舞っても、忘れられないから』

――『おれも、千鶴も、たぶん、みんなも』

律の言葉が蘇る。

忘れられないから苦しい。忘れたふりして笑っていたって目を逸らしていたって、苦痛は消えない。同じように、どれだけ痛みに目を向けていても、楽しかった思い出を忘れられるはずがない。

すべてを抱えたままで、どうにかするしかない。

いや、そうしたいんだ。


海が近づいてくると、波音にまじって花火の音が聞こえてきた。

自転車を停《と》めて堤防を越えた先で、友だちが楽しそうに笑っているのが見える。真希ときいちゃんには、家を出る前に「ごめん寝てた」「今から行くから待ってて」とメッセージを送った。

静かに浜辺に降りて堤防にもたれかかり、声をかけずにその様子を眺める。

しばらくしてからあたしに気づいたふたりは「びっくりしたー」と驚き「おはよー」とからかいながら手を振ってきた。一緒にやろうと言われたけれど、「急いで来たからちょっと休憩ー」と離れた場所から返事をする。

今はまだ、一年前と同じようなこの光景を、眺めていたい。

「千鶴、なんで制服？」

みんなの輪から抜け出して、あたしに近づいてきた律が話しかけてくる。

「……目が赤いけど、おれのせい？」

「自意識過剰《かじょう》だなあ」

ぷはっと噴き出すと、律も安心したかのように笑ってあたしのとなりに並んだ。

「ねえ律」

「ん？」

「いつから、律はあたしが好きなの？」

花火を見つめながら律に訊く。律は驚いた様子もなく、いつもの調子で「たぶん、ずっと前から」と答えた。

「彼女がいたのに？」

「記憶がないからわからないけど、今のおれは、それは嘘なんじゃないかって思ってる。自覚はなかったけど、おれにとって、千鶴はずっと特別な存在だった。それに気づいたのは、去年の二学期に、話しかけないで、振られた相手とこれまでみたいには話せない、って千鶴に言われたとき」

「うん」

「千鶴の言葉から、記憶のない二週間のあいだに、おれは千鶴を振ったんだなってことはわかって、そうなんだ、じゃあ仕方ないなって一度は受けいれた」

本当だろうか。

訝《いぶか》しげな視線を向けると、律は「本当だって。数日はおとなしくしてただろ」と笑った。

たしかに、あれから数日だけは、律はあたしに話しかけてこなかった。

「でも、千鶴と話せない日々を過ごして、このまま千鶴と話せないのはいやだなって思ったんだよ。千鶴とこれからも一緒にいたいって。だから、記憶にない過去を受けいれるのをやめて話しかけた」

「友だちとして、じゃないの？」

「ちがう。だってあのとき、今、千鶴が告白してくれたら絶対に振ったりしないのにって、思ったから」

律の言葉を完全に信じられるかと言えば、嘘になる。

信じたくともあたしの中にある記憶が邪魔をする。

いたのかいなかったのか不確かな律の彼女の存在を、あたしは忘れられない。

でも、今目の前にいる律を否定できないくらいには、律との思い出がある。この一年、あたしに何度も話しかけてきた律を、あたしは知っている。

「おれはさ、千鶴のことが好きだよ」

真剣な表情で律が言う。けれど、律はどこか、恥ずかしそうにも見えた。

去年のあの日の律を知らなければ、あたしは決してこの言葉に不安なんか感じなかった。

この顔を、あたしの知らない誰かは見たことがあるんだろう。

どこの誰なのか、さっぱり見当がつかない。同じ学校であれば、律が忘れたからといってなかったことにはならない。別の学校の生徒だとしても、今日までその気配を一切感じることがなかったのは、不思議で仕方がない。

いったい相手は誰で、今どこにいるのだろう。

律に忘れ去られた彼女は、今ここにいる律を見てなにを思うだろう。

律の記憶にない夏の日を、彼女だけが大事に覚えているのだろうか。

「おれ、千鶴のことが好きだ」

なにも言わないあたしに、律がもう一度口にする。

汗ばんだ律の肌に、髪の毛が張りついていた。律の瞳には不安がまじっていた。

律の頬に手を伸ばす。けれど、なかなか辿り着けない。

その理由は、あたしが躊躇しているからだ。

この場所に来たのは、律と話すためだった。

一年前の記憶に囚《とら》われて、今もかわっていない律への想いを捨て去ろうとしていた自分に気づいたから。必死に目を逸らそうとしても、否定しても、なくならなかった。

あたしは今も、律が好きだ。

記憶があるかぎり、過去がかわらないかぎり、やり直せるなんてことはありえない。

だからこそ、やり直したいのかもしれない。

やり直そうと思うことくらいは、その道に手を伸ばすことくらいは、してもいいんじゃないかと。できるんじゃないかと。そうしたいと。

亡くなった母親を恋しく思いながらでも。

生まれなかったふたりの家族を偲《しの》びながらでも。

――かつての律の彼女に、嫉妬と憐憫《れんびん》を抱きながらでも。

でも。

「やり直すって、できるできないじゃなくて、怖いことなんだね」

いまだに律に触れられない、宙に留《とど》まったままの自分の手に、失笑がこぼれる。

どれだけ前向きな気持ちと覚悟を持ってやり直したところで、うまくいくという保証はない。やっぱり苦しくて逃げたくなる可能性は大いにある。

くるみさんだって一度目の流産では気丈《きじょう》に振る舞っていた。でも、二度目があり、それからしばらく一緒に暮らしたものの、結局積み重なった苦痛に耐えきれず出ていった。

万が一、三度目があれば、くるみさんは今よりも悲しむだろう。再び出ていくにちがいない。そのときは、父親も諦めてしまう可能性がある。そしてあたしは「やり直さなければよかった」と思うかもしれない。

なにもなくとも、やっぱり無理だという決断を下すことだってありえる。

「あたしは、怖い」

「おれも、怖いよ」

あたしと同じように、律が声を震わせて言った。

「おれは、覚えてないことが、怖い」

近づけることも引き寄せることもできない中途半端な位置から動かせないままだったあたしの手を、律がぎゅっと握りしめる。

「今のおれは、千鶴が、好きだから」

今日は、熱帯夜だ。

そして、去年のあの夏の日も、熱帯夜だった。

律の頬を伝う涙に月光が反射して、ゆらりとゆらいだ。

「律も怖いなら、あたしだけじゃないなら、いいかな」

律の手をしっかりと握り返して言った。

あのときのやり直しのような今日のこの夏の日を、あたしは忘れない。

たとえ、月が忘れたとしても。

2　この光は忘れない

これが運命でないはずがない。

私と彼の出会いは、運命だった。一緒に過ごしたすべての時間は、私たちにとって必要な一生忘れることのできない煌《きら》めく瞬間だった。

脳裏で煌めく思い出が、いつも私の背中を押してくれる。私を支えてくれている。

遠くで色とりどりの光が瞬《またた》いていた。

夏の暑さよりも、すぐそばにいるひとの体温があたたかくて心地よかった。

「また会えるよね」

私がそう言うと、彼――月村《つきむら》くんは「もちろん」と迷いなく答えてくれた。

私の、恋人。

私の痛みを受け止めてくれて、彼の持つ痛みを私と共有してくれたひと。

私たちは、出会えたことでかわることができた。月村くんがいなければ私はあのままだっただろうし、月村くんの誰も知らない痛みは、彼を蝕《むしば》み続けただろう。

お互いが、お互いの支えになれた。

私にそんなひとがあらわれるとは思っていなかった。

私でも誰かに手を伸ばすことができるなんて想像もしていなかった。

あの夏の日の私たちの出会いは運命だと、そう信じている。

私は何度も何度もあの夏の日を思い返し、そのたびに彼に恋をして、彼に思いを馳《は》せる。

＋　＋　＋

チャイムが鳴ると同時に、教室が騒がしくなった。

期末テスト終了の瞬間は、全国各地で同じ現象が起こるだろう。でも、この教室の中がいちばん騒がしい気がする。

「はーなびー！　やっと終わったなあー！　これで夏休み突入やー！」

その理由は、この関西弁のせいだと思う。

駆け寄ってきた紫央《しお》ちゃんはクラスの中でもよく声が通るのでなおさらだ。

よく日に焼けた小麦色の肌の紫央ちゃんは、名前のとおり馬のしっぽみたいにポニーテールを揺らして、くるくると踊るように動く。どこにいても目立つ元気で明るい彼女を見ると、いつも自然と笑みが溢《あふ》れる。

「なに笑ってんの、華美《はなび》」

「なんでもないよ。紫央ちゃんは元気だなあって」

むうっと子どものように唇を突き出す紫央ちゃんに、また笑ってしまう。

感情表現が豊かな紫央ちゃんといると、彼女につられて私も笑ったり悲しんだりして、それが、楽しい。紫央ちゃんにはそういうパワーがある。

「さーって、今日は部活もないし遊ぶかー！　どこ行くー？　とりあえず腹ごしらえやな」

紫央ちゃんの所属しているソフトボール部は、今日は休みなんだそうだ。もともと週に二日しか活動しない、紫央ちゃん曰《いわ》く「暇《ひま》つぶしのゆるい部活」らしいけれど。

気合いを入れて歩きだす紫央ちゃんについていくと、クラスメイトが「ばいばいー」「また遊ぼな」「またな」と声をかけてくる。紫央ちゃんは「テニ部は練習あるん？　がんばー」と返事をして、私も「じゃあまたね」「夏休み遊ぼうね」と手を振る。

一年前の、高校一年生のころの私は、友だちと学校帰りに寄り道することも、こんなふうにクラスメイトと挨拶《あいさつ》を交わすこともなかった。

終業式なんて、渡された成績表を見たお母さんがどう思うかばかり考えていた。

まさか、私がこんな高校生活を送れる日が来るなんて。

廊下に出ると、真夏の日差しが窓から降り注いでいて、目がかすむ。

ああ、夏が来た。

高校一年の二学期に、瀬戸内海《せとないかい》が見える町から関西の海のない町に引っ越してきた。ここで秋と冬と春を過ごし、そして、夏になった。この町でのはじめての夏だ。

去年までは、ただただ無駄に長い夏休みがつまらなかったから、夏はきらいだった。

でも、今年の夏は楽しみでしょうがない。

「紫央ちゃん、夏休み、たくさん遊ぼうね」

「当たり前やん！　プールも行きたいよな。でも暑いから水族館とかもええし、うちんちでドラマ観《み》るのもええんちゃう？　いや夏休みは観たい映画もいろいろ公開なるし、映画館かな。あ、あとうちんちでお泊まり会もしよや」

「忙しくなりそうだね」

「部活がない日は全部華美と遊ぶつもりやからな！」

ふふっと笑う。

紫央ちゃんの家には、何度か遊びに行ったことがある。春休みにはお泊まりもした。

口が悪いけれどやさしいお兄さんと、恰幅《かっぷく》のいいお父さん、そしていつも忙《せわ》しそうにして、いろんなものを食べさせてくれるお母さんがいた。

それは、私が憧《あこが》れる家族そのものの姿だった。

紫央ちゃんとは、関西に引っ越してきて戸惑《とまど》っていた私に真っ先に声をかけてくれたことから仲良くなった。今年も同じクラスになったことでより仲良くなり、今では私にとって紫央ちゃんは誰よりも大切で大好きな存在だ。

まさか私に、こんなに明るい友だちができるなんて思っていなかった。

紫央ちゃんを見ていると、さして親しくもなかった女の子を思い出す。

見た目はまったく似ていない。けれど、ふたりから感じる幸せそうな無邪気な雰囲気が、私の中で重なる。

あの子に対して、私は一方的に嫉妬を抱いていた。言葉を交わしたことは一度しかないのに。

今も、あの子は以前とかわらず笑っているのだろう。そうにちがいない。私が心配せずともそのはずだ。あの子も、幸せで楽しそうな日々を送っていた子だから。

「華美、お盆は用事あるんよな?」

「うん。前住んでたところに帰る予定。お父さんが単身赴任してるし、彼氏にも、会いに行く」

「あー、遠距離恋愛中の彼氏ね。せやったせやった」

紫央ちゃんに言われて、頬が赤く染まったのが自分でわかる。

彼氏、という響きは、当然月村くんを連想させる。ふたつがイコールで結ばれていることに、いまだに慣れなくて照れてしまう。

「華美が前に住んでたんって、瀬戸内海のそばやったよな」

「そうだよ。そういえば紫央ちゃんの親戚も近くに住んでるって言ってたよね」

転入してきたときに、そう言われた記憶がある。私の言葉に紫央ちゃんは「せやで」と頷《うなず》いた。

「紫央ちゃんは、お盆にその親戚の家行かないの？」

もしも行くなら月村くんに会わせたいな、なんて思ってしまう。でも、

「今年は行かん。行ったらいやなこと思い出すから、どうしてもってときしか行かんねん。去年七回忌《き》で行ったところやから、次は当分先やろな」

いやなこと、とは、従姉妹《いとこ》のお姉さんが亡くなったことだろう。前にちらっとそんなことを言っていた。困っているひとがいると迷わず手を差し伸べることのできる、とてもやさしいひとだったらしい。紫央ちゃんはそのお姉さんが大好きで、事故で亡くなるまでは

毎年会いに行っていたと教えてくれた。

いつも元気な紫央ちゃんのちょっと沈んだ表情に、なんて言葉をかければいいのかわからない。

紫央ちゃんは持ち前の明るさと社交的な性格から、たくさんの友だちがいる。クラスの目立つ子たちはもちろん、おとなしい子たちともとても仲がいい。

引っ越してくる前の私は、人付き合いが苦手で友だちと呼べるようなひとはひとりもいなかった。一日誰とも話さないのは当たり前なくらい、地味で目立たない、紫央ちゃんとは真逆の性格だった。そんな私が今はクラスメイトと雑談をしたり放課後や休日に遊びに行くようになったのは、紫央ちゃんのおかげだ。

そんな紫央ちゃんの表情に陰りが差すと、私にできることはないかと考える。

でも、詳しい事情を訊《き》くのは憚《はばか》られる。

傷を共有することで得られる特別な関係があると私は思っているのに。実際、そうだったのに。なんでだろう。

思い出したくないことを無理に話してもらうことよりも、

「じゃ、行こか！」

こうして満面の笑みでいてほしいからかもしれない。

「紫央ちゃん」

「なに？」

「夏休み、たくさん遊ぼうね」

さっきも言った台詞《せりふ》を再び口にすると、紫央ちゃんは「さっきも言ったやん。そんなうちと会いたいん」と噴き出した。


紫央ちゃんと電車に乗って繁華街に行き、ファミリーレストランでランチを食べてからカラオケに行った。

たっぷり歌って飲んでデザートも食べてから店を出て、駅で紫央ちゃんと別れた。家の最寄《もよ》り駅に着くと、そこからバスに乗り込む。

最寄り駅はそれなりに大きいけれど、バスで二十分ほど揺られると、窓の外には田んぼが広がっていく。そして、終着点のバス停から五分ほど歩いた先に、今の私の家がある。

太陽はすっかり傾いているのに、昼間の熱でじわじわと汗が浮かんでくる。

以前住んでいた家は、大通り沿いにあるきれいな十五階建てのマンションの五階だった。まわりには同じくらいの高さのマンションがいくつか建っていた。

木造の古い一軒家である今の家は、となりの家まで五十メートル以上の距離がある。

去年、引っ越してくるまで私はここに来たことがなかった。チャイムを鳴らすお父さんのうしろで緊張して立っていた日のことは、今でもよく覚えている。

住みはじめて一年近くになる今は、チャイムを鳴らすことなく門を開けて玄関までのアプローチを進む。玄関の引き戸を開けるとすぐに廊下を歩く足音が聞こえてきた。

「ただいま、おばあちゃん」

「はいおかえり。はなちゃん、お腹空《なかす》いてる？」

「ううん、大丈夫。おじいちゃんが帰ってくるまで待つよ」

ローファーを脱いで立ち上がると、床が軋《きし》んだ。

「暑かったでしょ、着替えておいで。そのあいだにお茶淹《い》れておいてあげる」

「はあい」

きっとおばあちゃんは、お茶と一緒にスーパーで見かけた新発売のお菓子も出してくるんだろうな。そんなことを思いながら二階に駆け上がる。

おばあちゃんとおじいちゃんはもうすぐ七十歳になるけれど、ふたりとも今も若々しく元気だ。おばあちゃんはパートをしていて、音楽が好きでライブにもよく行く。おじいちゃんは定年後も建設会社で働き続けていて、毎週末ゴルフに行っている。

私はこの家で、おばあちゃんとおじいちゃんと、三人で住んでいる。

単身赴任中のお父さんは月に一回帰ってくるかどうかだ。

お母さんとはメッセージのやり取りをしていたけれど、ここ半年は音沙汰《おとさた》がないのでよくわからない。でもまあ、なんとかやっているんじゃないだろうか。連絡すれば返事があるかもしれないけれど、今のところその必要性は感じていない。

八畳の広々とした部屋に入り、楽ちんなワンピースに着替える。おばあちゃんと一緒に出かけたときに買ってもらったものだ。おばあちゃんは私に「何色がいい？」と訊いてきて、私は黄色を選んだ。光の色だ。

部屋の中は、私の好きな薄い黄色と落ち着きのあるくすんだ水色でほとんど統一されている。以前の部屋とちがって、今の私は好きなものに囲まれて過ごしている。

「……あ、成績表持っていかないと」

部屋を出ようとしたところで、はっと気づいて立ち止まる。

通知表のことをすっかり忘れてしまうなんて。

見せなくてもおばあちゃんはなにも言わないだろう。でも、見せたらきっと、すごいと笑ってくれる。よくやったね、と褒《ほ》めてくれる。

この町に来てから、気分も体も、常に軽い。

毎日、私は大丈夫なんだな、と思う。

「月村くんの言うとおりだったな、本当に」
あの夏の日に、呼びかける。
──『離れても、一度一緒に過ごせたから、おれも菊池《きくち》も、大丈夫』
思い出すと胸が疼《うず》いた。思い出すたびに、私は恋に落ちる。
月村くんも今頃、笑って過ごしているはずだ。
私たちは運命の出会いをしたふたりだから。

＋　＋　＋

家って、鳥籠《とりかご》みたい。

私はずっと、そう思っていた。それに対して多少の不満はあったけれど、飛び出したいと思うほどではなかった。

だから、鳥籠を失った今の私は、こんなにも不安を抱いているんだろう。

今年の、高校生になってはじめての夏休みも、これまでどおり退屈な夏になるだろうと思っていた。まさか、私のいた鳥籠が壊れてしまうとは、想像もしていなかった。

「ここから飛んだら、飛べたりしないかな」

家から徒歩で三十分以上もかかる瀬戸内海そばの古い五階建ての屋上で、呟《つぶや》く。

私と地面を遮《さえぎ》っているのは、高さが私の胸元あたりまでしかない白い柵だ。触れると、ところどころ錆《さ》びて塗装が剝《は》がれていたため、手のひらがチクチクした。

この柵を飛び越えたら、空を翔《か》ける。なんてことはない。私はそんなにバカではないし、夢想することで自分を癒《いや》せるほどの想像力もない。

蒸し暑さの中、ただ夕焼け空と地面を交互に見て、過ごす。

首を折り曲げて地面と平行になるように顔を倒すと、遠く離れた場所にあるコンクリートと、柵の下にある私の足先が見えた。

足を少しだけ柵より前に出すと、浮いているみたいに見える。

そうすると、くらりと体が所在なさげに揺れた。

「……バカみたい」

はあっとため息をつく。

そういえば、今は何時だろう。私はスマホを持っていないし、今日は腕時計をしてくるのを忘れてしまったので確認ができない。

でも、今の私は時間を気にしなくてもいいんだっけ。多少遅くなったところで、私を叱《しか》るひとはもう家にいないから。

「変なの」

これまでの私は、心の片隅でそんな自由を欲《ほっ》していた。なのに、いざそうなってしまったら、道標《みちしるべ》を失って、立ちすくむことしかできない。

自由って、こんなにも恐ろしいものだったのか。

自由って、誰にも興味を持たれないことなのか。

期待されない。失望もされない。

――それって、私が存在する必要もない、ってことなんじゃないの？

「死ぬの？」

「……っひあ！」

突然声が聞こえて、変な声が出てしまった。

口元を押さえて振り返ると、私服姿の男の子が外階段から私を見ている。足音がまったく聞こえなかった自分にも驚く。階段をのぼったときは響き渡るくらいに錆びついた金属の不快な音がしていたのに。

「確実に死ぬならもう少し高い建物のほうがいいんじゃない？」

「そんなつもりでここにいるわけじゃないので、気にしないでください」

「下から見えたから、死ぬのかと思った」

どうやら、私が飛び降り自殺でもするのかと思ったらしい。そして、死ぬのを止めるためではなく、ちゃんと死ぬにはここはやめたほうがいいと言いに来たようだ。変なひと。

なぜか男の子は私に近づいてきて、そこでやっと、私の知っている男の子だと気づいた。

「月村くん？」

「え？　おれのこと知ってんの？」

名前を呼ぶと、彼は驚いた顔をした。

ひとが死のうとしているかもしれないこの状況でも落ち着いていたのに、変なひとだな、やっぱり。なにより、学校で見かける様子とちがうのも、変だ。

「同じ学校だから。同じ学年だし、月村くんはけっこう目立つし」

「そんなことないと思うけど……。ここにいるってことは、中学が一緒だったとか？」

「小中はとなりの学区だった、と思う。高校が同じ」

そっか、と月村くんは少し申し訳なさそうな顔をした。

彼は私を知らないのだろう。名前はもちろん、顔も。けれどそれに対して私はなにも思わない。月村くんとは同じクラスではないし、同じクラスであっても私のことを覚えていないひとはたくさんいるだろうから。

私はそういう存在だ。いてもいなくても気にならない存在。

「名前、聞いてもいい？」

「……菊池、菊池華美」

「はなび。あの花火？　夏にする花火？」

「漢字はちがう。華やかの華に、美しい」

そっかあ、と月村くんが言う。そして「花火っていいよね」とよくわからないことも。

「死ぬわけじゃないなら、なんでここに？」

「べつに、とくに理由はない。ただ、なんとなく」

これまでの私は、ひとに話しかけられてもろくに返事ができなかった。いつも視線は下に向けていて、誰かと目を合わせることもほとんどなかった。なのになぜか、今日はするすると言葉が出てくる。

「二学期になったらこの町を離れるから、眺めようと思ったのかも」

だから、こうして気負わず話ができているのかもしれない。

月村くんは「そっか」と言うだけだった。私が引っ越すことになんの感情も動かないらしい。それもそうか。彼にとって私は初対面の相手なのだから、当たり前だ。

ちらりと横を見ると、彼の目に昼と夕方がまじった不思議な色の光が反射していた。その奥は真っ黒で、瞳の黒色が彼のすべてを覆《おお》い尽くしてしまいそうだなと感じた。

なんだか、私の知っている月村くんではないみたいだ。

こうして彼と言葉を交わせるのは、そのせいかもしれない。

私の知っている月村くんは、普段ほとんどまわりを見ずに過ごしていても視界に入ってくる、そんなひとだった。

月村くんが特別なのではなく、そのくらい目立つ男子は、学年に何人かいる。声が大きいとか、やたらと女子にモテているとか、冗談が好きでいつもまわりを笑わしているとか。友だちがたくさんいて、いつも誰かに名前を呼ばれているとか。

月村くんは、その〝名前を呼ばれる〟ひとだった。

彼のなにがそんなにひとに好かれているのだろう、と気になっていた。

見た目がいいのもあるだろう。でも、誰も彼もが振り返るような美男子ではないし、特別なオーラもない。なにか部活に入っていてすごくうまい、とかでもない。中心的人物というほど発言をしているようにも見えなかった。

ただ、いつも笑っていた。彼のまわりのひとも。

けれど。

「え？」

無意識に口に出してしまったらしく、自分の声と月村くんの反応にびくりと体が震えてしまう。

「あ、ごめん。えっと……学校と雰囲気ちがうなって、思って」

「あー……そうかな。そうだな。なんか、今はちょっと、気が抜けてるからかも」

自分の頰をさすった彼が、微苦笑を浮かべる。

なんだか無理して笑みを作らせてしまったみたいな気分になる。

もしかしたら、月村くんはいつも意識的に笑っていようとしていたのかな。今の彼が無表情なのは気が抜けているからだとしたら、彼の本来の姿は、目の前の月村くんなのかな。

月村くんみたいなひとも、そんな一面があるんだ。

「笑いたくなかったら、笑わなくてもいいと、思う」

「そんなことしたら、おれのまわりには誰もいなくなると思う」

彼からそんな発言が出てくるなんて意外すぎる。

「私も無理して笑うことがあったけど結局無意味だった。だから、無理なんかしなくていいんだよ。無理しないとそばにいてくれないひとなら、いなくていいんだよ」

「笑わないね、今は」

柵に肘《ひじ》を乗せて、頰杖《ほおづえ》をつく。

「菊池は、強いんだな」

月村くんは目を瞬《しばたた》かせて言った。そしてふわりと笑う。泣きそうな顔だな、と思った。

「強くないよ。やさぐれてるだけ」

「なるほど」

ふ、と彼が口の端《は》を引き上げた。自然な笑みに安堵《あんど》する。

「無理して勉強して、いい子でいて、誰とも話さずに過ごしてきたけど……こんなことになるなら好きに振る舞ってもよかったのかもって思ってる」

「なんで誰とも話さなかったの？　普通、逆じゃない？　無理してまわりに合わせるっていうかさ」

私と同じように、月村くんは柵に肘を乗せてこちらを見る。

「そうかもね。そういうひとのほうが多そう」

こっそりと、頭の中だけで「月村くんはそうなんだろうね」と付け加えた。

「私は、ひとと仲良くなるのが煩《わずら》わしいから、だから話さない」

「ひとがきらいってこと？」

「ううん、そういうわけじゃないの。煩わしいのは、仲良くなることじゃなくて――誰かと仲良くなったことでお母さんとする羽目になるやり取り、かな」

月村くんは、不思議そうに首を傾《かし》げる。普通のあたたかな家庭で育ってきたと思われる彼には、まったく想像がつかないことなのだろう。

これまで、私は彼のようなひとのことを妬《ねた》んでいた。ひととかかわらない理由に、そういうひとと接すると空《むな》しくなるから、というのもあったのかもしれない。

それでも不意に、そんな幸せなひとたちの世界に触れてしまうことがある。

教室を出ようとしたときに、ぶつかって荷物を床に落としてしまったときとか。

——『菊池さん、字がめっちゃきれいだね。羨《うらや》ましい』

私のノートを拾った女の子のことを思い出す。苗字《みょうじ》はわからないが、クラスの女子が彼女のことを「ちづる」と呼んでいたのを聞いたことがある。あの子も、私にとって目立つ生徒のひとりだった。

とりわけかわいいわけでも、なにか秀《ひい》でたものがあるわけでもない。目立つと思っているのは私だけの可能性もある。そのくらい、至って普通の、女の子だ。

とても明るくて、仲のいい友だちがいて、笑顔がかわいかった。

常に自然体で、自分の思うままに好きなことをしている自由さがあった。

——私はそれが、とても妬ましかった。

私の家庭環境とはまったくちがって、彼女には素敵な両親がいるのだろう。家族と仲がよくて、家族になんの不満も不安もないのだろう。ときどき友だちとの会話で出てくる父、母という単語も、愚痴にも、愛情がこもっていた。

彼女の言う「羨ましい」と私が彼女に抱く「羨ましい」は同じじゃない。字がうまいことを羨ましがられてもちっともうれしくない。習字なんて習いたくて習ったわけじゃない。私は字が汚くても、あの子のように誰にも気を遣《つか》うことなく過ごせるほうがよかった。

「でも、その煩わしさも、もうなくなった」

「それは、よかったこと？」

「わかんない」

素直にそう言って、柵から地面を見下ろす。

「わかんないから、ここから下を見てた。死にたいと思ったことは昔も今もない、けど、今の私は、死んでも誰にも影響はないかもしれない。煩わしいことがなくなったと同時に、私が存在する理由もなくなったのかも、ってぼーっと考えてた」

ふわりと生ぬるい風が私の頬を撫でて通り過ぎた。

そう、べつに死にたくはない。生きたいわけでもないけれど。

「……それは、おれと同じだな」

意外な言葉が返ってきて、「え」と声が出る。

思わず視線を彼に向けると、彼はまるでからかっているような笑みを浮かべていた。

一瞬冗談かと思い、すぐにその考えを打ち消す。

力のない目元が、鏡を見ているような気分になったから。

「月村くんがここに来たのって、もしかして、死ぬためだった？」

「いや」

迷いなく、月村くんは首を振る。けれど、

「死んだほうがいいのかな、とは、思ったけどね。おれが生きて笑っていると傷つくひとがいるから」

付け加えられた言葉が信じられなかった。けれど、そういうひとが間違いなくいるんだろうとわかる。月村くんは、それを確信している。

「そんな気分でふらふらしてたら、屋上に人影が見えただけ」

月村くんは、いったい、なにを抱《かか》えているんだろう。

「死なないよ、おれは」

意外にも、きっぱりはっきりと彼が言った。

ただその口調とは裏腹に、彼は今にもこの柵を乗り越えて飛んでいってしまいそうにも見えた。気力がないほうが、死なない気がする。死ぬにも、それなりのパワーが必要だから。死なない、という彼の言葉があまりに力強くて逆に不安を覚える。

「死んだら、おれを助けてくれたひとの死が、無駄になる」

無駄。

彼の言葉を脳内で繰り返し、彼の言葉の意味をゆっくりと咀嚼《そしやく》する。

「月村くんが生きてたら、その死んだひとの死は、意味のある崇高《すうこう》なものになるの？」

なにがあったのかはわからないし、誰が死んだのかもわからない。ただ、彼の発言はあまりに。

「傲慢《ごうまん》だね」

そんな嫌みを言いたくなるほどのものだった。

――『お母さんのがんばりを無駄にするつもりなの！』

お母さんの金切《かなき》り声が鼓膜を震わせる。反射的に眉間《みけん》に皺《しわ》が寄る。

「私は、自分じゃない誰かに、自分の生死はもちろん、がんばりも、無駄だなんて言われたくない。たとえまわりにはそうとしか見えなくても。無駄かどうかは、自分で決めたい」

悔しさを滲《にじ》ませて声を絞り出す。

「ごめん」

月村くんの静かな謝罪に、噛んでいた唇を開き「ごめん」と私も謝った。

「月村くんに、八つ当たりした」

「でも、菊池の言ってることは、そのとおりだよ。おれが、考えなしだった。ほんと、おれはかわんないな」

はあーっと息を吐き出して、彼が失笑する。

あまりの落ち込みように、申し訳ない気持ちでお母さんの姿が脳裏から消える。

「べつに、月村くんが考えなしとか、じゃないよ。無駄になるとか、そういうの、けっこう耳にする言葉だし。ただ、私が神経質になっちゃっただけ」

「よく言われるからって、口にしていいわけじゃないよな」

そ、うかも、しれない、けど。

でも、私のほうが考えなしだった。彼の事情も知らずに偉そうなことを言ってしまった。

「おれ、昔からそうなんだ。考えるよりもさきに口走ったり行動したりするところがあって。気をつけてるんだけど、なかなか難しいな。気を抜いたらすぐこれだ」

「そんな、ことは」

「ありがとう、菊池」

にっこりと微笑まれて言葉に詰まる。

今の彼は、完全に気をつけている状態なのだと、わかる。

私は、彼を追い詰めてしまったかもしれない。

ごめん、と謝りたいのに、それを口にすることができなかった。今さらだし、なにより、彼と私のあいだに分厚いガラスの壁を感じるから。謝罪だけではなく、どんな罵倒《ばとう》も（そんなこととしないけど）、彼に届かないだろう、そんな壁だ。

それでも言わずにはいられなくて、なんとか「ごめんなさい」と小さな声で呟いた。

私の声が届いたのか、月村くんはゆっくりと体ごと私のほうに向けた。

「おれ、そろそろ帰らないと。じゃあ、また」

「……うん」

穏やかな笑みに、圧倒される。

踵《きびす》を返して階段に向かっていく月村くんの背中は、ひどく孤独に見えた。

このまま別れてもいいのだろうか。でも、私になにかできることがあるとも思えない。

私は伸ばしかけた手を引っ込めて、彼から視線を外した。

自宅のマンションまで三十分以上かけてのんびりと帰り、鍵を開けて中に入る。コンビニ袋のガサガサという音がやけに響くほど、家の中は静まり返っていた。

　時刻は七時をまわっていて、昼過ぎから閉め切られていた部屋の中は重苦しい空気が行き場をなくしてわだかまっている。汗が肌に張りついていて、全身が湿っている。蒸れた靴下を廊下の途中にある洗面所で脱いでカゴに放り込み、山盛りになった洗濯物を見て見ぬ振りして通り過ぎた。スリッパも履《は》かずに素足で床を歩いていると、ペトペトと床と足裏がくっついては離れる音がする。

「……ただいま」

　誰もいないのをわかったうえで、リビングに声をかけた。

　当然、返事はない。

　この家にはもう、お母さんはいない。

　冷房を入れてソファにもたれかかり、コンビニで買ってきたポテトチップスを勢いよく開ける。一枚口の中に放り込むと、油と塩気がおいしくて止まらなくなった。瞬く間に空っぽになった袋を丸めて、今度はチョコレート菓子を取り出す。甘いものとしょっぱいものの組み合わせは、麻薬のように私を虜《とりこ》にする。ここ数日、おやつはいつもこのふたつだ。

　指の先に残った塩気とチョコをひと舐《な》めしてから立ち上がり、キッチンに向かった。

「……今日は晩ご飯どうするんだろう」

キッチンのゴミ箱は、宅配弁当とコンビニ弁当の空箱でいっぱいになっている。

お母さんが家に帰ってこなくなったのは、一ヶ月ほど前の夏休みに入ってすぐだ。

いつものように部屋に閉じこもって夏休みの宿題をしていたら、お母さんが部屋に入ってきて私の手元を覗《のぞ》き込み、「いつまで夏休みの宿題やってるの」と言ってきた。

呆れたようなその声に、体を縮こませてなにも言わずに俯《うつむ》いた。

毎日決まったページ数までしか進めないことにしているからだ。ついさっきまでは別のことをしていた。予備校の予習と復習、それとは関係なく高校一年の授業内容をはじめからやり直しているし、まだ学んでいない高校三年の数学の勉強もしていた。ほかにも英会話もしているし、午前中はピアノの練習や硬筆《こうひつ》の課題も。

でもそれを、口にすることはできない。

反論しているとお母さんに思われるから。

お母さんを攻撃することになってしまうから。

「本当に華美は要領が悪いんだから……」

お母さんのその言葉のあとには〝誰に似たんだか〟が続く。

「今から出かけてくるから、サボらないようにね。時間になったらちゃんとピアノ教室に行きなさいよ」

はい、と返事をしながら顔を上げたとき、お母さんの化粧の濃さにちょっとびっくりしたのを覚えている。無意識に息を止めていたのか、今さらお母さんの香水のにおいに気づく。そこで、これから料理教室に行くのか、とわかった。

お母さんは去年から料理教室に通っていた。以前は週に一度だったのが、今年に入ってからは週に三回か四回、ときどき集まりがあると言って休日に出かけることもあった。

そのことに、私はもちろん、お父さんもなにも言わなかった。

お母さんが家にいなくなると、息ができるようになるから。

そして、その日、習い事から帰宅してもお母さんの姿はなく、それ以来一度もお母さんは家に帰ってきていない。

「ただいま」

ぼーっとしていると、玄関が開く音がして顔を上げる。ガサガサとレジ袋を鳴らしながらやってきたお父さんに「お帰りなさい」と声をかけた。

お父さんは、お母さんが家を出てから夜の九時までに帰宅するようになった。それまでは日付がかわるかかわらないか、くらいまで帰ってこなかったのに。なんなら会社近くのホテルに泊まることだってあったし、土日はゴルフに出かけることも多く、私にとってお父さんは顔を合わせるのが難しい存在だったのに。

でも今日はとくにはやい。

「今日もお弁当？」

私は料理が一切できないし、お父さんの帰りもそれほどはやくはない。なので、平日の晩ご飯はほとんどお弁当で、土日は外食をしていた。朝と昼はそれぞれ適当にパンを焼いたり冷凍食品を食べたりして済ませている。

「いや、今日はちょっとはやく帰れたから作ろうかなって」

「お父さんが？　作れるの？」

びっくりして大きな声を出してしまうと、お父さんはくしゃりと顔を潰《つぶ》すように笑った。

お父さんがこんなふうに笑うの、ひさびさだ。

幼いときはよく一緒に遊んでいて、そのころのお父さんはいつも笑っていた。

いつから、いつも険《けわ》しい、疲れた顔をするようになったんだろう。

私が、毎日なにかしらの習い事に通うことになった、小三くらいからだろうか。

「男飯《おとこめし》って言われるような、豪快な料理しかできないけどな」

「なにか手伝おうか？」

「そうだなあ、じゃあ、味噌汁でも作ってもらおうかな。できるか？」

「たぶん」

小さな鍋を手にして水を入れる。そのあいだにお父さんは着替えてくると言って荷物をキッチンに置いてから寝室に向かった。

お父さんが買ってきた食材は、鶏《とり》もも肉とキャベツと卵、玉ねぎ、そしてご飯のお供になる佃煮《つくだに》だった。有名メーカーのもので、手に取り原材料を確認する。

アミノ酸、カラメル色素。

お母さんがきらっていた添加物だ。

すぐに見なかったことにして冷蔵庫に入れ、かわりに味噌を取り出す。お母さんが作っていた味噌だ。まだ使えるのかはわからないが、変な匂いはしないので大丈夫だろう。

鍋を火にかける。このあとの工程に自信がないので、お父さんが戻ってくるのをおとなしく待った。米を研《と》いでおくべきかと一瞬考えたが、お父さんがどれだけ食べるのかわからないのでやめておく。

勉強はできても、家事はできない。

お母さんはその辺のことを一切私に教えてくれなかった。

掃除と洗濯はなんとかできるが、最低限だ。面倒くさいので週に一度しかしないし。

「お父さん、なに作るの」

リビングに戻ってきたお父さんに訊くと、「親子丼」と返事がある。

お父さんは思ったよりも料理をすることに慣れていて、手際《てぎわ》よく野菜や鶏肉を切って調理していく。合間に私に味噌汁作りを教えてくれた。

「お父さんが料理できるなんて知らなかった」

「お母さんがなんでもできるひとだったからな。お母さんに比べたら、独り暮らしで身につけた料理や掃除はできるとは言えないレベルだよ」

お母さんは、完璧主義だったから。

そっと添えるように付け足された言葉に、心の中でそうだね、と返事をする。

お父さんの料理は、あたたかくておいしかった。

鶏肉も、卵も、数年ぶりに食べたような気がする。お弁当でも食べていたけれど、やっぱり出来たては違う。

手料理で動物性の食事をとらなくなってから、最低でも一年は経《た》っている。

「おいしいね」

もそもそと口を動かしながらお父さんに言うと、お父さんも「そうだな」と言った。

「お盆休みになったら引っ越しの準備手伝うから、それまでよろしくな」

「うん。わかった」

私の引っ越し手続きは着々と進んでいる。引っ越し業者からの段ボールは今朝家に届けられたし、私の住む場所も新しい学校も、ほとんど準備はできているのだという。

私はそのことに感謝して、言われたことを粛々《しゅくしゅく》とこなせばいい。

せめてお父さんには、お母さんのように私はいなくてもいいと、そう思われないように。


「あ、来た」

階段をのぼりきると、柵のそばにいた月村くんが私を見て言った。足音が聞こえていたのだろう。私の姿に驚く様子はなく、むしろ待っていたかのような表情をしている。

「なにしてるの」

「菊池こそ」

「……なんとなく、ここが気に入っただけ」

準備していた言い訳を口にすると、月村くんは「おれも」と答える。

本当は、もしかしたら月村くんがいるんじゃないかと思っていた。でも、また会いたかった、というわけではない。いたら、話してみたいな、くらいの気持ちだ。

いなくても私は落胆しなかっただろう。彼にとっては、そのほうがいいことのようにも感じるから。

　暑い日差しの中歩いてきたので、汗が頬を伝う。ハンカチで拭《ぬぐ》いながら彼のとなりに並ぶと、月村くんの額《ひたい》にも汗が浮かんでいた。手にはほとんど空《から》になっている水のペットボトルがある。

「ずっとここにいたの？」

「一時間くらいかな。なんとなく、菊池に会えたらいいなと、思って待ってた」

「……え、あ、そ、そう」

　会えたらいいな、とか、待ってた、とか、さらりと口にされて、ちょっと戸惑う。

　彼のいつもどおりの口調から、特別な意味はなにも含まれていないのだと感じる。けれど、こんなに素直にはっきりと言われると、つい、意識してしまう。

「え、なに？　どうした？」

「……いや、なんでもない」

　彼は素直なひとなのだろう。これが月村くんに友だちが多い理由なのかもしれない。

　昨日の会話でも、考えるよりも先に口にしてしまうところがあると言っていたので、気にするなと自分に言い聞かせ、乱れる心を落ち着かせる。

　でもやっぱり、うれしい。

誰かが私のことを認識していて、誰かが私を意識してくれる。

ずっと、それを望んでいたから。これまで私を見てくれていた唯一《ゆいいつ》のひとが、いなくなったから。

「あの、月村くん、友だちと予定はないの？」

「今は暇かな。部活があるやつとか、もう帰省《きせい》してるやつとかいるから」

たしか月村くんは帰宅部だった。今は、ということは、これまでは予定が詰まっていたのだろう。

「両親が暦《こよみ》どおりに休める仕事じゃないし、祖父母も日帰りできる距離にいるしな」

「そっか」

「菊池は？　忙しい？　暇？」

うーんと首を捻《ひね》り考え、

「私も今は、暇なほうだけど、引っ越しの準備があるからやることはあるって感じかな」

と答える。

引っ越すのは私だけで、お父さんは仕事があるから当分はこの町に残ることになっている。けれど、今のマンションはお父さんひとりで住むには広すぎるので、なるべくはやくに狭いマンションに引っ越すつもりのようだ。そのため、荷造りは私の分だけでいいものの、家の中も片付けようとお父さんと話をして決めた。

引っ越しは十日後だ。お父さんが残って生活するのに不便がない程度にしなければいけないし、私の荷物も今の時点ではすべてを段ボールに詰めるわけにはいかない。はやくしなければいけないのだけれど、まだ十日もあって今できることは限られている、と思うとなかなかやる気になれず遅々《ちち》として進まない。

「ああ、そっか。引っ越すんだっけ」

「うん。まあ引っ越しがなくても、私はどこかに旅行することもないけどね」

お母さんの両親はすでに他界していて、親戚はいるらしいが付き合いはなかった。お父さんの両親は車で四時間以上かかる場所に住んでいるうえに、お母さんがお父さんの両親をあまり好きではなく、疎遠《そえん》になっていたからだ。

私はその父方の祖父母の家に引っ越すことになったのだけれど。

「でも、引っ越す予定がなかったら今よりも忙しかっただろうな」

「なんで暇じゃなかったの？」

「ほぼ毎日習い事と予習復習があったから。小学校のときから週に三回塾に通ってて、週に二回の英会話と、週に一回のピアノ教室に、習字」

指折り数えながら伝える。

「え、毎日じゃん」

「そう、毎日。学校が終わったらすぐに帰って予習復習して、習い事に行って、休日も予定が詰まってた」

「それは忙しいな。小学生からっていうのも、すげえ……」

月村くんは、ただただ驚いた様子だった。

それなりに仲がよかった女の子からの遊びのお誘いを、習い事があるから、と断ったとき、幼いながらも彼女の顔には哀《あわ》れみが浮かんでいたのを思い出す。なんだかすごく、自分がかわいそうな子のように感じた。同時に、そんなことない、と強く思った。

「でも、引っ越すから、全部やめた。だから引っ越した先では、暇になる予定」

「引っ越し先では習い事はしないんだ？」

「うん、たぶんね。塾は通うかもしれないけどピアノも習字も英会話もやるつもりはない。全部、お母さんのためにやってただけだから。引っ越し先には、お母さんはいないから」

へ、と空気が漏《も》れるような月村くんの声に、笑ってしまう。

「両親が離婚するの」

帰ってこないお母さんのかわりに、家には一枚の、記入済みの離婚届が送られてきた。

お父さんは、格段驚いた様子は見せずに「お母さんに連絡をとって話をしてみるよ」と私に言った。お父さんがお母さんからの離婚の申し出を断ることはないと、私にはわかっていた。だから、数日後にお父さんから離婚することになったと報告されたとき、私は「そっか」と答えただけだった。

「お父さんの実家で、おじいちゃんとおばあちゃんと暮らすの。お父さんは仕事があるからこっちに残って、私だけ引っ越し。でも私、おじいちゃんたちと会った記憶がないんだよね」

一度電話で話した感じではとてもやさしそうなひとたちだったけれど。

急にたったひとり新しい環境に放り込まれることになってしまった。

ただ、新しい環境に多少の不安はあるものの、この土地を離れることにさびしさはない。

「母親と、暮らしたかった？」

私を気遣うように、月村くんが言った。

いったい私は、どんな顔をしていたのだろう。

「……わかんない」

「母親のことをきらいだった、とか？」

「そういうのとも、ちがうかな。なんだろう」

複雑な感情の形を探るように目を瞑《つぶ》った。

「依存《いぞん》、かな」
好きとかきらいとか、そんな感情では言い表せない。
「私の世界にはずっと、お母さんが中心にいた。私の世界の神様のようにそこに君臨していたから」
だから、お母さんに言われるがまま、私は過ごした。習い事はもちろん、おいしくもないご飯やおやつも、文句を言わずに食べた。
そのことを窮屈《きゆうくつ》に思わなかった、とは言わない。
私だって友だちとただ笑って過ごす時間がほしかったし、学校帰りにカフェに寄っておいしいスイーツを食べたかったし、流行《はや》りのドラマや映画も気になった。
でも。
——『華美はやればできるから』
——『お母さんは華美を信じてるから』
——『友だちと遊ぶよりも、華美には必要なこと』
——『全部、華美のためなのよ』
お母さんがそう言うから、私はそのすべてを受けいれた。
結果を出したときは、褒めて、笑ってくれるから。そうじゃないときは全否定されたからこそ、お母さんの喜ぶ顔に縋《すが》った。お母さんが喜んでくれないと自分に価値がないような、そんな気がした。

「そのお母さんがいなくなって、これからどうしたらいいんだろうって戸惑ってる」

これまでは、すべてのことを〝仕方ない〟と諦《あきら》めてきた。でもこれからの私には、その〝仕方ない〟と言えるものがなくなってしまう。

これから友だちがひとりもできなかったら、私はさびしさを感じるだろうし、惨《みじ》めだとか情けないとか感じて落ち込むはずだ。

お母さんがいれば、そんなこと思わないはずなのに。

この気持ちは間違いなく、依存だ。

「よくわかんないけど、おれには、菊池の世界に母親がいるっていうより、母親の世界に菊池が取り込まれてたみたいに感じるけどな。だから、母親がいなくなることに不安になるんじゃないか?」

月村くんは、まるで独り言のように呟いた。

彼の言った台詞は思ったよりも重みを感じることなく、すとんと腑《ふ》に落ちた。

「そうだね、そうだと思う」

私に自分の世界なんてものは、そもそも存在していなかったんだ。

つまりお母さんがいなくなるってことは、私にとって世界が崩壊するってことで、そりゃあ不安になる。そんなふうに誰かがいなければ立っていられなくなる自分は、ひどく情けない。

これまで手にしていたものすべてが、幻のように消えていく。蜃気楼《しんきろう》のように溶けてなくなる。今、私の手元には、なにも残っていない。

──私のしてきたことは無駄だったのかもしれない。

そんなこと思いたくないのに。

ずっと、お母さんが私に費《つい》やしてくれた時間やお金を、無駄にさせまいとがんばってきた。満足のいく結果を出して褒められて、うれしかった。お母さんに褒められなくとも、これまで積み重ねてきたものはちゃんと自分にはあるのだと信じていた。

でも、お母さんがいなくなれば、私はこれまでのような生活をすることはなくなる。

それって結局、無駄だったってことじゃないのかな。

なにかを掬《すく》い上げるように、左右の手を開いて手のひらを見下ろす。

そこに、ぽたんと雫《しずく》が落ちた。

それが自分の涙だと気づいたのは「菊池?」という月村くんの声が聞こえたときだった。

「ご、ごめん……おれ、なんか、よけいなこと言った、よな」

慌《あわ》てふためく月村くんに、ただ首を左右に振って否定した。

月村くんの台詞がきっかけではあったけれど、彼のせいじゃない。

けれど、なかなか涙が止まらなくて、そんな私に月村くんは何度も謝る。

「ごめん、なんで、ここにいるとおれって考えなしなんだろ」

ほんとごめん、と頭を深々と下げられる。

どの言葉が私の琴線《きんせん》に触れたのかは、彼はわかっていないはずだ。ただ、私が泣いているから謝っているだけ。かといって適当に謝っているわけでもない。

本当に申し訳なさそうにおろおろしている彼の様子がなんだかおかしくて、笑ってしまう。

「月村くんのせいじゃないから、謝らなくていいよ」

おかげで涙が止まり、やっと声を発することができた。

「でも」

「それに、気を遣って思ったことを呑み込まれるよりも、言われたほうがいい」

すんっと鼻を啜《すす》って言葉を付け足した。

やさしい慰《なぐさ》めや、それっぽい同情からの共感の言葉を言われることがいやだとは思わない。月村くんがそうであっても、私はありがとうと思えただろう。

けれど、さっきの台詞を頭に浮かべながらも、あたり障《さわ》りないことを口にされていたとしたら、いやだな、と思った。

「むしろ、これから私には、思ったこと言ってくれたほうがいい」

「……そう思えるのは、おれがまだ菊池を傷つけてないから、だよ。いや、傷つけたかもしれないけど、でも、もっと、それこそ動けなくなったり怪我《けが》をしたり死んだり、失ったり、してないから、だよ」

力なく頭を左右に振って、月村くんは消え入りそうな声で言った。

視線は海のはるか先に向けられていて、そこになにが見えているのか気になる。

彼にしか見えない、なにかが、きっとある。

「おれ、ひとを殺したんだ」

いったいなんだろうと考えていたからか、彼の言葉をすぐに理解できなかった。

え、と言葉にならない声を出すと、月村くんは私の反応をわかっていたかのように「おれ、人殺しなんだ」と似たような言葉を繰り返した。

「え、いや、え？　本当に？」

口にしながら、なんて間抜けな発言なんだろうと自分で思う。かといって、それ以外になにも浮かんでこない。

「うん。本当。っていってもひとを刺したり、突き落としたり、そういうんじゃないけど」

「あ、ああ……そ、そうだよね」

「おれの軽率な行動で、無関係のひとが巻き込まれて、死んだ」

なんの告白をされるのかと緊張していたので、思いがけず大きなため息をついてしまう。

ひとを殺したなんて言うから、何事かと思った。実際に彼が手を下したわけではなく、結果的に誰かを死に追いやった、ということだ。もちろん、だからよかった、とは言えないけれども。

月村くんは「今でも思い出すんだ」と消え入りそうな声で続けた。

「飼ってた猫が家から逃げて、探していたときに、目の前にいた猫が車に轢《ひ》かれそうになったんだ。左右の確認もせずに、飼ってた猫かもって反射的に道路に飛び出して、そこに車――っていうかトラックが来た」

相当な恐怖だったのだろう。月村くんの体が震えている。

「そんなおれを、ひとりの女のひとが助けてくれたんだ」

死んでしまったのは、月村くんが殺したと言ったのは、そのひとのことなのだろう。

泣いてはいなかったけれど、彼の目には涙が浮かんでいる。溢れないようにと必死に我慢している。

「あのとき、もっといろいろ考えて行動ができていたらって思うんだよ」

「でも……」

「たられば、だけどね」

思わず口を開いた私に、月村くんは言う。

これまで何度も何度も考えてきたんだろう。だから、どれだけ考えても過去がかわるわけじゃないと、月村くんは思い知ってしまったのだろう。そこに至るまでどれほど後悔し続けてきたのか、繰り返してきたのか、私には想像もできない。

「猫が家から逃げたのもおれの軽率な行動のせいで、それを親に報告もせずに自転車でひとり探しに行って、どこかもわからない場所までひたすら走って、そこで考えなしに道路に飛び出して」

月村くんにそんな過去があったなんて知らなかった。

私の知っている月村くんは、そんな過去があるようにも思えなかった。いつだって笑っていたし、まわりの状況を常に見ているような、そんな落ち着きを感じていたから。

それは、過去の後悔の結果の、姿だったなんて。

「それまでもよく似た失敗をして両親を何度も困らせてきたんだよな。小学校時代はよく担任の先生にも、もう少し落ち着きを、って注意されてた。それまでは自分が鉄棒から落ちたりハサミで指を切ったりするくらいだから気にしてなかった」

ふはは、と呆れたように笑った月村くんに、私はなにも言えなかった。

「親に、目の前で泣かれるまで、おれは気づけなかった」

今、彼の目にはどんな過去が見えているんだろう。

月村くんの両親は、どんな状況で泣いて、そして彼になにを言ったのだろう。

もしかして、昨日月村くんが言っていた〝生きて笑っていると傷つくひと〟というのは、両親のことかもしれない。

今、私はなにをすればいいのだろう。

私にできることはなにかあるんだろうか。

月村くんの話を聞いて、私はどうするべきなのだろうか。

考えだすと、パニックになってくる。なにが正解でなにが不正解なのか。

彼が過去を話したのは、なにかしらの理由があるはずだ。相手が私なのも、なにか意味があるのかもしれない。彼には私に望んでいる反応があるのかもしれない。

でも、わからない。

「あ、の」

どのくらい無言でいたのかはわからなかった。頭の中でぐるぐるとさまざまなことを考えすぎて、時間感覚を失ってしまっていた。かといってこのまま黙っていていいのか、彼が再び口を開くのを待つべきなのかも不明で、脳内がパンクする。

「私……は、どう、したら……いいですか？」

結局、馬鹿正直に彼に訊くしかない、という判断を下す。

目を瞠《みは》った月村くんに、あ、これもちがったんだなと、気づく。

そっか、そうだよね。普通そんなこと面と向かって訊いたりしないよね。

顔が羞恥《しゅうち》で赤くなる。同じだけ申し訳なくて情けなくて泣きそうになる。

月村くんは、ぽかんとした表情で私を見ている。

「ご、ごめん……こういうふうに、ひとと話すことが、なくて、みんなはどうしてるのかわからなくって……」

顔を隠すようにして前髪に手を当てる。

「そんなの訊かれたのはじめてだな。新鮮」

「……だよね」

しょぼんと肩を落とすと、ぶは、と月村くんが噴き出した。

「おもしろいな、菊池。そんな返事があるとは、思わなかった。ふはは、真面目《まじめ》かよ」

「……っだ、だって」

「なんか考えこんでるなって思ったけど、ふはは。すげえ。いいな、そういうの、すげえ好きだな、おれ」

好き、という単語に「え」と驚いてしまう。けれど月村くんはそんな私に気づく様子もなく、くつくつとしばらく笑い続けていた。バカにされているのかもしれない。さっきのようにさびしげな横顔を見るよりはいいけど。

いや……でもさすがに笑いすぎでは。

「はー、おもしろかった」

ひとしきり笑い終えてすっきりしたのか、目元の涙を拭って月村くんが顔を上げる。

月村くんはあたたかな、穏やかな、朗《ほが》らかな、笑みを浮かべて私を見つめていた。

私をまるっと受け止めてくれるような、不思議な感覚に全身が襲われた。

「じゃあ、慰めて。おれも、菊池を慰めるから」

「どうやって？」

「手を、つないでほしい」

目の前に、彼の大きな手のひらが差し出された。

そっと、そこに自分の手を重ねる。私の手は、彼の手よりも小さくてすっぽりと収まった。触れるぬくもりに、胸の中にあったガチガチにかたまっていたなにかがとろりと溶け出すのを感じる。

もしかしたら、私は彼に慰めてもらいたいと、そう思っていたのかもしれない。そんなことまで、彼はお見通しだったのかもしれない。

彼にくいっと軽い力で引き寄せられて、距離が縮まる。

この行動も、彼にとっては〝勢い任せの考えなし〟なことなのかもしれない。

反省していた彼の姿が脳裏に蘇る。同時に、今のすっきりとした朗らかな笑みも。

「……月村くんは、そんなふうに、思ってることなんでも、言っていいと、思うよ」

「そうかな」

「うん。少なくとも私の前では、無理しないで、そのままの月村くんで、いてほしい」

彼には彼らしくいてほしい。それが、ここで、私のそばなら、うれしい。

「菊池も、そうしてくれる？」

こくんと頷くと、月村くんは目を細めた。

「なあ、菊池のこと、いろいろ教えてよ」

太陽の光を浴びた彼の顔は、きらきらと輝いている。注がれる彼の視線に、体の芯に熱が走る。火がついたみたいに、心臓が大きく跳ねる。

引っ越しまではまだ時間がある、と思ってだらだらのんびりしていたらお父さんのお盆休みがはじまった。ほとんどと言っていいほど引っ越しの準備は進んでいなかったけれど、お父さんはそのことになにも言わず自分の服や私物を片付けはじめた。

にもかかわらず私はいまだなかなかスイッチが入らず、昨日に続いて今日も作業を放置して「息抜きに散歩行く」と家を空《あ》け、昼過ぎから屋上で月村くんと過ごしている。

そんな私にお父さんは「気をつけて」と言うだけだ。

「私に興味ないとか、そういうんじゃないんだけどね」

柵のそばに腰を下ろして呟くと、月村くんは苦笑する。

「菊池のお父さんも、戸惑ってるのかもな。菊池と同じで」

「そう、なんだろうね。お母さんが家にいるあいだお父さんはほとんど出かけてて、あんまり顔を合わすことがなかったし」

昔は、厳しいお母さんの教育方針に、お父さんは苦言を呈《てい》していた。

そんなに習い事ばかりさせなくとも、友だちと遊ぶ時間も必要だろう、華美にも選ばせてあげたらどうだ、華美の意見は聞いたのか。

そのたびに、お母さんは般若《はんにゃ》のような顔になって声を荒らげた。

あなたは仕事ばかりのくせに。子育てを押しつけて。口出ししないで。わたしは仕事を捨てて子どもを産んだ。わたしがいちばん子どものことをわかっている。

子どもながらに、お母さんの言っていることは支離滅裂《しりめつれつ》で、そういうことじゃないのでは、と思ったけれど、それを指摘できるような雰囲気ではなかった。

お母さんとは話ができないとお父さんが諦めたのが先だったか、お母さんの機嫌が悪くなると居心地が悪くなるので、私がお父さんに「大丈夫だよ」と言ったのが先だったのかは覚えていない。気がつけばお父さんはお母さんに私のことでなにも言わなくなり、まるで私たちを避けるかのように家にいることが少なくなった。お母さんの無添加へのこだわりやヴィーガン主義などの健康志向にもついていけなくなったのもあるだろう。

ときどき顔を合わせるお父さんは、申し訳なさそうに微苦笑を浮かべるだけだった。

そんな状態を、五年ほど過ごした。

どう接していいのかわからないのは、お父さんだけではなく私も同じだ。

「……一生このままかもって思うときがある」

お父さんとは今後離れて暮らすことになる。そのうち一緒に、とは言っていたけれど、なんだかんだお父さんはこのままずっと、ひとりで暮らすような気がしている。そうなれば、私とお父さんの関係はどんどん拗《こじ》れそうだ。

「菊池は、どうしたい？」

「え？」

突然私の意見を訊かれて戸惑う。月村くんは「おれの癖《くせ》」と言って白い歯を見せた。

「前に、おれが悶々《もんもん》としてるとき言われたことがあるんだ。『律《りつ》はどうしたい？』って。それから、そういうときは自分に問いかけるようにしてる」

どうしたいか、か。

そんなの、真剣に考えたことがなかったな。

「そうしたら、案外簡単にシンプルな答えが出てきて、じゃあそのためにどうすればいいんだろうって、考えることができるんだ」

なるほど、と思いながら自分に問いかけてみる。

でも、私の中にはとくにこれといって浮かんでこなかった。相も変わらず悶々とした感情が、頭の中を支配している。かといって、それに苛立《いらだ》つわけでもない。

「でも、菊池はそれで、いいんだと思うよ」

なにも言わない私がなにを思ったのか、月村くんにはお見通しみたいだ。

そっと頭を撫でられるようなあたたかさが胸に広がる。こんなふうに、誰かに無条件にぬくもりをもらったことは、今までなかったかも、と気づく。

「お互いきらってるわけじゃないなら、菊池なら、大丈夫だろ」

「なんで私なら？」

「菊池は、ひとの言葉に耳を傾けて、向き合うから」

自分のことをそんなふうに思ったことはない。けれど、月村くんに言われると、ちょっと、大丈夫な気がしてくる。相手は出会って一週間足らずの相手で、私のなにを知っているのか微妙ではあるけれど。

いや、だからこそ、信じたくなるのかもしれない。

月村くんの言葉はいつも、心地がいい。

私が毎日このビルの屋上に足を運ぶのは、月村くんと過ごす時間が、好きだからだ。

はじめて会った日から、お互いに抱えていた傷の欠片《かけら》をそっと打ち明けてから、今日までの毎日、約束しているわけでもないのに、午後三時ごろから、私たちはここでふたりきりの時間を過ごす。晴れの日も、雨の日も。

以来、つまらなかった夏休みは、一気に色をかえたかのように輝いている。

夏休みは習い事以外、家に引き籠《こ》もって過ごしていた。長期休みなんかなにも楽しくなくて、学校があるほうが家の中に長時間いなくていいだけマシだとも思っていた。お母さんがいなくなってからは、習い事がなくなって暇を持て余していた。

けれど今は、ちがう。

昼を過ぎるともうすぐ月村くんに会えるとワクワクして、そわそわする。

ビルに向かう足取りは軽くて気を抜くとスキップになってしまいそうだった。

彼と別れたあとはさびしくて、でも次の日また会えることを考えると楽しみになる。

——ただ、それを繰り返しながら過ごす日々の向かう先は、終わりしかない。

「家族との関係って難しいよな」

月村くんは、しみじみと言う。

「近くにいすぎて、一度距離感がわからなくなったら、なかなか改善できない。一旦離れたほうがいいんじゃないかって思う。同じ家に住んでると、いやでも毎日顔を合わせて、向かい合ってご飯食べて、朝と夜と外出時と帰宅時には声をかけるじゃん。だいたいは」

「そのおかげで、ケンカしてもすぐに仲直り、とかもあるんだろうけどね」

「おれたちは、そういうパターン未経験だよな」

わかる。すごく、わかる。

なにもしないわけにもいかないしな、と月村くんは言葉を付け足してから空を仰《あお》いだ。

真夏の三時過ぎ。まだ太陽は頭上高くにあって、屋上は日差しを遮るものがないためとにかく暑い。

こんな場所でいつも二時間ほど過ごす私たちは、お互い顔はもちろん体も汗ばんでいる。水分補給のためにペットボトルの水やお茶を一本持ってきて、それがなくなったら帰る、というのがいつの間にかルールのようになっていた。だから、私はちびちびとできるだけ時間をかけて飲んでいる。月村くんも、ゆっくり水分を補給しているように感じる。

「のぼせた？」

ぼけっとしてしまっていた私を、月村くんが覗き込んでくる。

「ううん。家族について、考えてた」

首を振って答えて、月村くんを見つめる。

この場所で私たちは、これまで誰にも言ったことのない想いを吐き出している。世間話の流れで、軽い口調で、溜まっていたものを消化するように。

詳細なことは、語らないし、訊かない。

聞こえてきた言葉をそのまま受け取り、その中で思うことを口にする。

相談、ではない。少なくとも私は、彼に家庭環境についてなにかしらの助言や慰めも、求めていない。

どちらかといえば、共感、共有、だろう。

そうだね、わかるよ、そうなんだ、いろいろあるよね、と。そういう返事が心地いい。

十六歳の私たちは、大人ではないけれど、それなりに自分で今の環境に折り合いをつける術《すべ》を、考えを、身につけている。仕方ない、と諦めることができている。じゃなければ長いあいだこの環境で暮らし続けるのはしんどいだけだから。無理矢理にでも自分を納得させて、後ろ向きにならないように、受けいれ前を見て過ごしてきた。

たぶん、月村くんと私はその考え方がちょっと似ているから、一緒にいて心地がいいのだろう。

だから、ここでだけ、私たちは素直でいられる。

「どうでもいい、て思えたらラクなんだろうね」

「そうなったら最強だよな」

ふ、と月村くんは諦めたように息を吐き出した。

「おれの場合はおれのせいだから、おれがなんとかしなきゃと思って振る舞ってるけど、正直なんとかなった未来なんて、描けねえんだよな」

「なんとかならなくても、誰のせいでもないよ」

それは、自分に言い聞かせている言葉だ。

月村くんにもそう思っていてほしい。

「……そうだといいな」

一瞬彼は眉間に力を込めて、涙をこらえるかのような表情をした。

このビルで彼と話すまで、私は、月村くんの笑顔しか見たことがなかった。彼の笑っていないときの顔が、こんなにも私の胸を苦しくさせるなんて、知らなかった。

ただ不思議なことに、だからといって彼には笑っていてほしい、とは思わない。外でそういう顔ができないのであれば、私しかいないこの場所でだけでも、彼はなにも気にせずにいてほしい。

そこにはうっすらと、私だけ、という優越感もまじっている。

私って、自分で思った以上に、歪《ゆが》んでいるのかもしれない。

こんなふうに思う自分がいることに、彼と話すまで気づかなかった。

「あせ」

すうっと風のように自然に伸びてきた彼の手が、私の頰に触れた。

彼の手が汗ばんでいたからか、頰と指の背がくっついて、ぺたんと吸いつくような感覚がした。

ほんのわずかな、一秒にも満たないかもしれない触れ合いに、名残惜《なごりお》しさを感じる。

「菊池ってさ」

「ん？」

「なんか、きれいだよな」

「……っへ？」

真顔で言われて、驚きのあまり体を引いてしまう。

きれいって、きれいってなに。なにが、どこが、なんで。

「あ、ごめん。また頭で考える前に口にしちゃった」

あはは、と月村くんが少し恥ずかしそうに笑う。

たしかに彼は考える前に口にするところがある。私の頬に手を伸ばしたのも、彼にとっては深い意味はないのだろう。

「おれ、菊池のこと好きだなって」

きれい、と言われる前だったら、好きって！　どういうこと！　とパニックになっていただろう。でも、あいだにクッションが入ったおかげで、大げさな反応をせずに済んだ。

心臓は落ち着かないけれども、表情にはそれほど出ていないはずだ。

月村くんの言動は、心臓に悪い。彼は、ものすごく素直な性格だから。

空がきれいとか、潮風が好きだとか、そういうのと同じで、ひとに対しても、他のひとならちょっと躊躇《ちゅうちょ》したり恥ずかしくて呑み込むようなことをさらりと言えるひとだ。

「月村くんの、そういうところ、私もいいと思う」

私の言葉に、月村くんは目を瞬《しばた》かせた。

「月村くんはそのままでいいんだよ。無理して、言葉を選んだりせず、思ったことを口にしていいんだよ。そのままの、月村くんで、いい」

うまく、伝わっただろうか。

私のこの言葉が、少しでも彼にとって自分を好きになるきっかけになれたらいいのだけれど。

「ありのままで、好きなようにしていいよ。私は、そういう月村くんが、好きだから」

どうにか伝われと願いながら言葉を重ねていくと、それは、告白になった。

自分でも驚くくらいにするりと、好き、という言葉が出てきた。

そして、――自分が月村くんのことを、好きなのだと気づく。

「好き、か」

ぽつりと月村くんが呟いた。

その声色にほわっとしたものを感じて視線を向けると、彼は頬をほんのりとピンク色に染めて、口元を手で覆い隠しながら私を見ていた。

「おれ、菊池と一緒にいるの、好きなんだ」

弧《こ》を描く彼の瞳に、胸がきゅうっと締めつけられた。

「それは、私も思ってるよ」

同じように感じてくれていることを、はっきりと言葉にされるのはうれしい。

私だけじゃなかったんだと、安心する。

「菊池だから、おれ、いろいろ話せたんだと思う。かっこわるいことも、だけど」

そんなことないよ、と首を左右に振った。

前髪が汗で頬に張りついて、それを、彼の手が剥がしてくれる。そのまま、月村くんは私の髪の毛を指先で弄《もてあそ》んだ。ショートに近いので、彼の指が耳に何度も触れる。そのたびに、体にぴりっと痛みのない電気が走る。心臓が、ばくばくと、大きな音を出して私の体を揺さぶる。

「こんなふうに思えるの、菊池がはじめて」

「……私、も、家のこととか、誰にも、言えなかった。月村くんだけ」

熱をはらんだ彼の視線から、目を逸《そ》らせなかった。

きっと、私の目も彼と同じだろう。

「月村くんじゃなかったら、こうして今も、一緒にいなかった」

誰に言ってもわかってもらえるはずがないから。

でも、月村くんはちがう。共有と共感は、月村くんとしかできなかった。私たちが同じようななにかを抱えていて、同じ程度の不満と憤《いきどお》りと、諦めを、抱いていたから。

「うん、おれも、菊池だから、だよ」

私の髪の毛からゆっくりと手を下ろした月村くんは、かわりに、私の手を握りしめた。

大きな彼の手は、あたたかくて安心する。すっぽりと包まれて、気持ちが落ち着く。

――あ、私、月村くんと、一緒にいられたらなんでもいいかも。

お母さんが家を出ていって、お父さんと微妙な関係で、これから新しい環境での生活がはじまる。いやだと抵抗するほどストレスを感じていたわけではないけれど、なにも感じないとは言えないくらいには心細かったんだと気づく。

でも、月村くんがいる。

彼に話を聞いてもらうだけで心が軽くなって、今まで抱いていた重みが消えていく。

月村くんの気持ちを、感じ取れるのも私だけだと、そう確信できる。

「いいな、こういうの」

月村くんは目を細めた。

その台詞が、なにを意味しているか私にはわかる。

こういうのが、いい。言葉がなくても、私たちはこの瞬間、同じことを感じている。

「いいね、こういうの」

両手は彼の手に包まれているので、体を前に倒して、彼の胸に頭を預けた。

一緒にいれば、私たちはそれでいいんじゃないかな。他はどうでもいいんじゃないかな。

「おれ、なんか、どうでもよくなってきた」

私が思っていたことを月村くんが口にしたので、笑みが溢れた。

運命ってあるんだな。

たった一週間で、私の世界は彼に染まった。

彼の世界も、私が染めた。

一緒にいて、新しい世界になった。

なんて、美しくて愛《いと》おしいんだろう。こんな夏が私に訪れるなんて、一週間前の私は想像もしていなかった。いや、今朝でさえ、私はそんなこと考えなかった。

一週間の、今日の、そしてその中の一瞬だった。


テレビを見ていると、やたらとスマホのＣＭが目につくようになった。

「華美、そっちはそろそろ片付いたか？」

「え、あ、うん」

お父さんに声をかけられ、顔を上げる。

「こんなにフライパンいらないよなあ……。実家で使うかな。訊いてみるか」

ひとりぶつぶつと言いながら、お父さんはスマホを取り出し電話をかける。すぐにおばあちゃんが出たようで話をしている様子を眺めながら、スマホか、と呟いた。

これまで私にスマホは不要だった。友だちはいなかったし、お母さんやお父さんともやり取りする必要がなかった。勉強のためにノートPCやタブレットを使うことはあるが、家族共有のもので、必要最低限だ。それで事足りている。

だから、お母さんに「危ないからそろそろ持ってもいいけど」と言われたときは、わたしから「いらない」と答えた。

スマホの便利さはなんとなく理解しているけれど、私がそんなもの持っていたら、お母さんは常にGPSで私の居場所を確認しそうだから。寝ているあいだにいろいろ見られるかもしれない。

見られるかもしれないことをわかっているので、見られて困るようなことはしない。でも、こそこそ探られることやなにもかもを監視されてもいいとは思えなかった。むしろ、窮屈に感じる。カメラがあるのも気になる。そんな方法があるのかないのかは知らないが、四六時中お母さんに見張られているような気分になりそうだから。

そんな気持ちになるくらいなら、はじめから〝私個人のもの〟なんてないほうがいいと思っていた。

でも、もう持ってもいいのかもしれない。

――『菊池、スマホ持ってないの？』

月村くんの驚いた顔を思い出す。

引っ越しはもう、明日に迫っている。これまではビルの屋上に行けば、彼に出会えた。けれど、これからは会えなくなる。

ひとと付き合うことがはじめての私には、遠距離恋愛がどんなものなのかはわからない。想像もつかない。漠然《ばくぜん》と、彼とはこの先もつながっていけるはずだと思うけれど、離れている私たちは、どうやって会話をすればいいのだろう。

スマホがあればなんとかなるんだろうか。

さすがに、持つべき、なんだろうなあ。

ないことに慣れてしまっているので、私にちゃんと活用できるのか自信がない。それに、月村くんとの連絡手段として持つのなら、今すぐにでも契約しなければ間に合わない。それをするには、引っ越しまで日がない今のタイミングでは難しい。

落ち着いてからお父さんに相談しようと心にメモをする。

いつの間にかおばあちゃんとの通話を終えたお父さんが「ものが多いなあ」とため息まじりに言った。

「お母さん凝《こ》り性《しょう》だったから、いろいろそろえてるよね」

「のめり込みやすいんだよな。それが、いいところでもあったんだろうけど」

お母さんはひとつのことに夢中になると、極めるまでやり通す性格だ。私が産まれる前は、研究職に就《つ》いていたと聞いたことがある。だからこそ、私が産まれてからは専業主婦になり子育てに全力を注いだのだ。勉強はもちろん、健康のために、添加物反対派の自然食志向から、ヴィーガンに移行し、料理教室にも通いだした。家には知育グッズや料理道具、そして家計のための投資の本などがたくさんあった。

別のものにハマってしまった今のお母さんには、すべて必要のないものなのだろう。

私と、お父さんも、その〝必要のないもの〟の中に含まれてしまったのだ。

物が減り、かわりに壁際《かべぎわ》に段ボールが積まれているリビングを見回して、そんなことを考える。と、壁の時計が三時前を差しているのに気づいて、手を止める。

「ちょっと休憩に、散歩行ってくる」

「ああ、気をつけて」

お父さんに声をかけ、いつもの返事を聞いてから家を出た。

灼熱《しゃくねつ》の空気の中を軽い足取りで進む。

毎日片道三十分歩くのは、健康にもいいようで以前より寝つきがよくなった。お盆休みに入ってからは毎日お父さんの手料理を食べているのもあり、体調もいい気がする。

ビルの近くまで来て、飲み物を買おうと途中にあるコンビニに立ち寄ると、外に見覚えのある女の子ふたりがいた。

「……あ」

声が漏れる。

同じクラスの女の子と、その子と仲のいい、いつも笑顔でいる女の子だ。

女の子は、笑っていた。学校でぶつかったときに私に見せた笑顔で歩いている。

なにも悩みなんかなさそうな彼女の満面の笑みに、以前は抱いていた嫉妬がなくなっていることに気づいた。

あの子に悩みがないことは、べつに彼女のせいではない。あの子がそんなふうに過ごしているからだ。友だちが多いのもあの子の人柄で、私とちがって遊ぶ時間がたっぷりあることも、仲のいい家族で育っただろうことも、あの子にとっては当たり前のことだ。

なにより、あの子は私の家庭環境を知らない。

振り返ってみれば、私にあんなふうに気軽に話しかけてくれたひとは、彼女だけのような気もする。

それに、あの子は私の名前を知っていてくれた。私は「ちづる」という、あっているかどうかも自信がない知識しかないのに。

ああ、そっか。それが、私とあの子のちがいなんだ。

そう思うと同時に。

「やっぱり、羨ましいな」

鳥が考えるまでもなく羽を動かし空を飛べるように、自然とそれができてしまうあの子のこれまでの日々は、私には決して手に入らないものだ。

あの子なら、もし引っ越ししたとしてもすぐに友だちができるんだろう。

あの子のように、よく言えば無邪気に、悪く言えば能天気に過ごせる人生がよかった。

今もその思いはなくならない。

けれど、私だから、月村くんと心を通わすことができた。常に彼と一緒にいて、楽しい時間を過ごしていても、彼のまわりにいる友だちには、できないことだった。

コンビニで会計を済ませて外に出ると、きゃはは、と少し離れているにもかかわらず、彼女の笑い声が聞こえてきた。

それに背を向けて、月村くんと過ごす場所を目指して歩く。

階段をのぼった先のビルの屋上には、月村くんの姿はまだなかった。

ひとりぬるい風を浴びながら、もうこの景色ともお別れか、とささやく。

このビルの屋上にはじめて足を踏み入れたときは、自分にはなんの価値もないように感じて鬱屈《うっくつ》した気持ちを抱えていた。

けれど今の私にとってあの日は、月村くんと近づいたきっかけになった、運命の日だ。

価値とかどうでもいい。今の私には月村くんがいる。

カンカン、と誰かが外の非常階段をのぼってくる足音が聞こえてくる。聞いているだけで、口元が緩む。今か今かと、階段からあらわれるであろう姿を待つ。

なんて、幸せな時間だろう。今のこの瞬間も、彼と過ごすひとときも。

「先に来てたんだ」

ひょこっと顔を出した月村くんに、胸が躍《おど》る。

同時に、これを手放さなければいけないことにやるせなさを感じる。

私に近づいてくる月村くんの顔を、まっすぐに見つめて待つ。

「ずっと、このままでいたいな」

私の本音に、月村くんは愛おしそうに目を細めて手を絡《から》めてきた。

「おれも」

ずっとずっと、この心地のいい時間に浸《ひた》れたらいいのに。

別れのさびしさも、これまでの憤りも、すべてを忘れていられるこの場所に、ずっと、ずーっと、留《とど》まることができればいいのに。

私たち以外、なにもいらないのに。


月村くんと別れたのは、日が沈みはじめたころだった。

「花火か」

ぽとぽとと歩きながら、独《ひと》り言《ご》つ。

私の引っ越しは明日の午後だ。午前中に引っ越し業者に荷物を引き渡し、お昼過ぎにお父さんと車でおばあちゃんの家に向かう予定だ。お盆休みは終わったので、道はそれほど混んでいないだろう。

明日、私が家を出る前のお昼に、月村くんとビルの屋上で約束をしている。まだ、彼と会うことができる。けれど、これまでのように月村くんに会えるのは今日が最後だった。だからできるだけ、今日は、いつもどおりに過ごした。

目の前に彼がいる時間を、一秒も無駄にしたくないから。

いつものように、ぽつぽつと愚痴を挟みつつ、答えのない疑問を吐き出しながら、心地よさに身を委《ゆだ》ねた。

その会話の中で出てきたのが、花火だ。

月村くんは今日、友だちと浜辺で花火をするらしい。せっかくだし一緒に行かないか、と誘われたけれど断った。突然親しくもない私が参加したらまわりのひとが驚くだろうし、下手《へた》したら気を遣わせてしまうかもしれない。私も、そういう場でどう振る舞えばいいのかわからない。

彼女なんだからいいじゃん、と言われたけれど、なおさら無理だ。想像するだけで挙動不審になる。

興味がないわけではない。手持ち花火なんて、幼少期に一度くらいはしたことがあったかもしれないが、記憶にはない。

どんな感じなんだろ。

手に持って、パチパチと爆《は》ぜる火花を想像する。

いいな。即答で断ったのに、イメージするとなぜかすごく気になってきた。空が暗くなりはじめているからかも。

「あの屋上から、見えるだろうな」

そういえばと足を止めて、振り仰ぐ。すでに家までの道を半分ほど進んでいるので、ビルが見えるわけではないけれど。

近くまで行くのは、見つかったときに恥ずかしすぎるので無理だけれど、ビルなら、ちょうどいいかも。

「いや、なに考えてるの」

はっとしてバカな考えを振り払う。

今からあの場所に戻るなんて馬鹿げている。帰りが遅くなったらお父さんが心配するはずだ。なんせ私は連絡が取れないのだから。

こういうとき、スマホがあれば便利だな。うん、引っ越したらすぐにスマホを買ってもらわなければ。

そこで、今さらながら月村くんの連絡先を知らないことに気づく。

自分が持っていないと、ついうっかりしてしまう。

もう、ビルで待ち合わせなんてできないのに。

「明日、絶対訊かなくちゃ」

忘れないように口に出す。

引っ越して落ち着いたらスマホを買ってもらおう。

そしたらすぐに、月村くんに連絡をしよう。

明日のことを、今後のことを、考える。

これまで習い事や予習復習のスケジュール以外で先のことを考えたことがなかった。タイムスケジュールをこなしていただけで、そこに私の考えや希望は、なにもなかった。要領だけを考えていた。

そのことに、今まで気づかなかったのは、気づく機会がなかったからだ。

知ってしまうと、どうやってこれまで多少の息苦しさを感じる程度で過ごせていたのか不思議で仕方がない。

自分のしたいことを考えると楽しくなってくる。もっと考えたくなって、ほかにやりたいことや、やらなきゃいけないのに忘れていることはないだろうかと首を捻る。

月村くんとのこれからや、引っ越し後のこと、親しくしてこなかった同級生の子のことを浮かべながら歩いていると、あっという間に家の前に着いた。空はすっかり夜になっていて、ぽかんと月が浮かんでいる。この町で見る最後の夜だな、と考えながらマンションの中に入りエレベーターに乗り込んだ。

廊下を進んで自宅のドアを開ける、と。

「いい加減にしないか！　どれだけ自分勝手なんだ！」

低い男性の大きな声が響いた。

聞き慣れないその怒鳴り声がお父さんのものだとわかるのに、数秒を要した。お父さんが声を荒らげるなんて小学生のとき以来で、すぐにわからなかった。

いったい、なにがあったのか。

急いで靴を脱ごうとする。そこで、玄関にあるお母さんの靴が目にとまった。

お母さんが、帰ってきている。

ということは、お父さんは、お母さんと話しているのだろう。

すうっと息を吸い込み、両親に気づかれないよう、そっと足を踏み出した。

「華美はわたしの子よ！」

「きみに華美は預けられない。自分がなにをしたのかわかってるのか」

「今まで華美のことなんか気にかけなかったくせに」

「華美を置いて出ていったのはきみだろ」

ふたりの会話が聞こえてくる。

お母さんは、私を引き取りに来た、らしい。

お母さんにとって、私は必要な存在だったのだろうか。

でも、それならばなぜ、今なのだろう。

なにも言わずに出ていったとはいえ、帰ってくる機会はあったはずだ。離婚についてお父さんと連絡を取り合っていたことも、何度か顔を合わせて話をしたことも、知っている。

お父さんがお母さんを家に来させないようにしていた、ということも考えられるけれど、だったら今この場にも、お母さんはいなかっただろう。

リビングに続くドアのガラスから中を確認した。

ソファに腰を下ろしているお父さんのうしろ姿が見える。

お父さんを見下ろすように立っているお母さんがいた。

「そもそも、親権は俺でいいと、きみが言ったんだろう」

「あのときと今はちがうのよ！　いいから華美を返して！」

「なにも言わず一方的に華美を手放したきみに、華美になんの断りもなくきみのもとに行けなんて言うわけないだろ」

「わたしには華美が必要だったの！　華美もそのはずよ！　だってこれまで華美はわたしがいろんなものを犠牲にして育て上げたんだもの！」

あの女のひとは、誰だろう。

いや、お母さんに間違いないのだけれど、私の知っている姿よりもずっと、疲れて見えた。服装も髪型も、前のままなのに、荒《すさ》んでいるように感じるのは、なんでなんだろう。

「……っ華美！」

目が離せなくて、つい凝視《ぎようし》してしまっていると、お母さんが私の姿を見つけて叫んだ。

お父さんは慌てたように振り返る。

「華美！　会いたかった！　元気だった？　ちょっと太ったんじゃない？　添加物ばっかり食べてるんじゃないの？」

私に駆け寄ってきてドアを開けたお母さんが、がっしりと肩を摑んできた。

きつい香水の匂いに、顔を顰《しか》めてしまう。

お母さんは私の様子に気づくことなく「ごめんね、心配したでしょう」「もう大丈夫だから」とひとりで話し続けていた。お父さんがお母さんの体に触れると、「触らないで！」と鬼の形相《ぎようそう》でその手を振り払う。

「落ち着きなさい。華美もびっくりしてるだろ」

「そういう言い方やめてってば！　諭《さと》そうとしないで！」

話が通じないと思ったのか、お父さんが小さく頭を振ってガックリと肩を落とした。

お母さんと言い合いになったとき、お父さんはいつもそうだった。そしてそれ以上なにも言わず、背を向ける。

そうやって、お父さんはこれまでの数年間、私とお母さんのことを諦めた。

「ねえ華美。華美もお母さんと一緒にいたいわよね。ずっと一緒にいたでしょう。華美のためにいろいろしてあげてたでしょう。お父さんといたらこれまでのがんばりも無駄になるのよ。そんなことさせないから。お母さんと一緒なら」

ぐぐっと近づくお母さんの瞳に、私の姿は映っていなかった。まったく光を感じない、真っ黒な目をしている。

「お母さんがこれまで、華美のためにたくさんのことをしてきたのを、忘れたわけじゃないでしょ。大丈夫、華美はわたしに似てるから、なんでもできるはず」

いつもそうだった。

私とお母さんしかいないのに、向かい合っているのに、お母さんに私はちっとも見えていなかった。かわりになにが映っていたのかは、知らない。

もしかすると、離婚はなかったことになるのでは。

そんな考えが浮かび、血の気《け》が引いた。

再び、これまでの生活を送るなんて、耐えられない。

いやだ、ではない。無理だ、と思った。

お父さんもお母さんも、かわってない。

べつに変化を期待したわけではない。

かわったのは、ふたりの関係だけだ。

そこに〝私〟は、必要なんだろうか。

否応《いやおう》なしに巻き込まれる私は、ふたりにとってどういう存在なのだろう。

「──いらない」

戸惑いも不満も不安もすべてが、無になるのを感じた。

かわりに、月村くんの笑顔が浮かんでくる。

私にとって、唯一大切な存在と、時間と、空間が、私を守ってくれる。

「華美？」

遠くに光を感じる。それを摑もうと、手を伸ばすように口を大きくひらく。

「どうでもいい。お母さんもお父さんも、私にとって、どうでもいい。いらない」

「な、なんてこと言うの！　親に向かって！」

親という言葉に失笑が漏れる。

「お母さんがいなくなっても、習い事に費やしてきた時間は無駄にならない。悔しいけど、無駄だったって言いたいけど、私にとっては無駄じゃなかった。字がきれいだねって言われたし、同じような思いを抱えているひととわかり合うこともできたから」

お父さんもお母さんも、私にきょとんとした顔を向けている。

お母さんの手の力が緩む。爪が食い込んできて痛かったので、よかった。

「お母さんにとっては、ここで私を手放したら無駄になることなの？」

「なにを言ってるの？」

「お父さんがこれまで家を避けてたのは、お母さんと話すことや私に手を差し伸べようとすることを、無駄だと判断したからなんだよね」

私の言っていることを、お母さんはわからない様子だった。けれど、お父さんはびくりと体を揺らして俯《うつむ》く。申し訳ないと、少しくらいは思ってくれているのかもしれない。

ずっと、いい子でいなければいけないと思っていた。

お母さんが求めるようにがんばらなければいけないと。お父さんが居心地悪くならないように、笑顔で現状を受けいれているように見せなければと。

自分の心を偽《いつわ》って、過ごしてきた。毎日決められたスケジュールをこなし、勉強で結果を出し、遊ぶ時間を削って机に向かった。

体調が悪くても、失望されるような気がして隠すようになった。うれしいことがあってもそんなことくらいでと否定されたくないから自分から言うのはやめた。いやなことがあっても同じだった。

――ふたりは、思うように過ごしているのに。

私だけが、ふたりに合わせて過ごしていた。

「私は、お母さんのためだけに存在してるわけじゃない!」

お母さんは私を産んだあとも、本当は仕事を続けたかったのを知っている。その鬱憤《うっぷん》を私にぶつけないでほしい。

お父さんも、私を守ろうとしてくれるなら、最後までそれを貫《つらぬ》いてほしい。諦めて私をお母さんに差し出さないでほしい。

「私は、もういらない! ふたりともいらない!」

お母さんの手を振り払い、叫ぶ。

身体中が熱い。発火しているみたいに、全身が熱くて震える。

「ふたりと一緒にいたら、どんどん私は、生きる意味がわかんなくなる」

必死に縋《すが》りついていたのに、一方的に振り払われた。

今まで構築してきた、私という存在の土台が、跡形もなく消えた。

屋上から見下ろした地面を思い出す。

あのとき、私は死にたいと思ったわけじゃなかった。

でも生きたいとも思ってなかった。

あのときの私は、消えたい、だった。

誰かが突き落としてくれたらいいのにと。誰か私を殺してくれないかと。

怖いとか痛いとか苦しいとかじゃない。なにもかもが、めんどくさかった。

死ぬために自分でなにかしらの行動を起こさなければいけないことも。生きるために前を向くことも。

だってそれまでの私は、お父さんとお母さんしかいなかったから。

すべての行動原理が、ふたりだったから。

「お母さんのこれからに、私は不要になったから、置いていったんでしょう？」

「そんな……」

「お母さんはすごいよ。真面目で一直線で、いつでも自分で決めて動くよね。そうやって、私やお父さんを捨てて、新しいひととの生活をはじめようとしたんでしょ」

はっきり言えば、さすがのお母さんも反応を見せる。

「料理教室の先生でしょ。料理しに行くのにすごいオシャレして、キツいくらい香水つけてたら、いやでも気づくよ。なのになんで帰ってきたの？　私がいたら邪魔じゃないの？」

「華美、いつから……」

お父さんは驚いていた。けれど、お父さんは〝私が知っていること〟に驚いているだけで、お母さんが誰かとどこかに行こうとしていたことには、なんの動揺もしていない。

私が気づくくらいだから、お父さんが知らないはずはない。お父さんは知っていてこれまでなにも言わなかった。そして、離婚もあっさり受けいれた。

そうなることをきっと待っていたんだろう。

お父さんは、ずるい。

ふたりとも、ずるいんだよ。

「はな、び……それは、誤解よ」

「じゃあ、なんで出ていったの」

それ、は、と口ごもるお母さんは、視線をあちこちに彷徨《さまよ》わせる。

「お母さん、もしかして捨てられたの？」

そう考えるとしっくりくる。

なんらかの事情により、お母さんはひとりになったのだろう。だから、私と再び暮らそうと思ったんじゃないだろうか。

お母さんは、自分の世界にひとがいなくては生きていけないひとなのかもしれない。

「お母さんのこれまでは、無駄になったの？　ひとりになったから」

「なってないわ！」

反論と同時に突き飛ばされて、壁に背中をぶつける。それほど痛くはないけれど、思ったよりもお母さんの動揺の大きさに目を瞬《まばた》かせた。

「ちがうわ、そうじゃない。そんなはずないの。だって、ふたりでいられればいいって、そう言われたもの」

そんなの浮気男の常套句《じょうとうく》みたいなものだ。もしくは恋に溺れていて現実を見ていなかったのか。バカじゃないの。誰だこのひとは。こんなひと、私は知らない。

立っていられなくなったのか、ぺたりと床に座り込んだお母さんに、心の中で辛辣《しんらつ》な言葉を並べる。

「わたしなら、料理研究家として活動できるって……言うから。なのに。こんなことに、なるなんて……ちがうの、ちがうのよ」

あんなに他人に厳しかったお母さんの、これまで見たことのない姿が目の前にある。今のお母さんは、なにかに縋らなければ生きていけない、そんな小さな存在に思えた。

――そんなひとに、縛られていた自分が、信じられない。

「バカみたい」

ふは、と噴き出す。

声と一緒に、涙が一筋、頬を伝った。

それが床にぽたんと落ちる。追いかけるように視線を下に向けると、自分の足先が視界に映った。

立っている、私の、足。

屋上で、地面を見たときにも、こんなふうに自分の足先を見た気がする。


花火って、遠くから見てもきれいなんだな。

私の位置からでは、数人の男女はアリのようにしか見えない。けれど、小さな色がチカチカと輝いているのはしっかりとわかる。近くで見たらもっときれいなんだろう。

ぼんやりとその景色を眺めていると、足音が聞こえてきた。目を見開いて振り返り、足音が近づいてくるのを待つ。

「……っわ、え、なんで？」

私がいると思っていなかった彼は、驚きのあまり一瞬バランスを崩した。ぐらりと揺れる体を手すりを摑んで支え、目を白黒させながら私に近づいてくる。

まるで、運命みたいだ。

約束していないのに。私が今ここにいるのは、たまたまなのに。

「月村くんこそ。まだ、花火の最中でしょ」

「や、ちょっとひとりで考え事でもしよっかなーって。でも、本音を言えば、菊池と会いたいなーって思って来た」

ささくれていた気持ちが、彼と彼の紡《つむ》ぐ言葉に、癒やされていく。

「私も、月村くんに会いたいなって思ってた」

となりに並んだ月村くんを見上げて微笑むと、月明かりに照らされた彼の頰がほんのりと赤く染まった。

「引っ越しの準備終わった？」

「うん。まあ、だいたいは」

答えながら、脳裏にお母さんがうずくまっている姿が浮かんだ。そんなお母さんに手を差し伸べたのは、お父さんだった。お母さんはその手を振り払ったけれど、それを無視してお父さんはお母さんを引き上げた。

お父さんの目元は、赤くなっていた。

今にも泣きそうな感じで、それを必死に我慢して、歯を食いしばっていた。

──『昔のきみは、ひとりで立っていたのにな』

お父さんの声はさびしそうだった。お母さんは悔しそうに顔を歪ませてお父さんを睨《にら》んでいた。

昔、お母さんは結婚して私を産むまで、研究者として活躍していたと、誇らしそうに私に話してくれたことがある。がんばって結果を出して、社内での地位を築いたのだと。それを、私のために諦めたのだ、とも。産まれたときの私が、体が小さく弱かったから。

お母さんとお父さんの出会いは、仕事がきっかけだったとも言っていた。

そのとき、ふたりは運命を感じたのだろうか。だから、結婚したんだろうか。

なのにいつしか、お母さんはお父さんを見下し、お父さんはお母さんを諦めた。

そして、今後は二度と交わることがないのだろうという確信がある。

「なんか、すっきりした顔してるな」

「うん、けっこう、すっきりしてる」

ふーん、と言いながら月村くんは首を傾げる。

「月村くんのおかげ」

「え？　なんで？　なにもしてないよ？」

「じゃあ、月村くんを好きになったおかげ、かな」

えへへとはにかみながら口にすると、月村くんも照れた。私たちを、ほのぼのとした空気が包み込む。

「月村くん以外どうでもいいって、そう思ったら、強くなれた」

「最強思考だな」

「うん、そう」

だから、お母さんと向き合って、否定できた。

今までなら仕方ないと受けいれていたけれど、そんなことしなくてもいいんだと思えた。

だってどうでもいいんだから。

「これまでの私の日々って、すごく惨《みじ》めで、情けなかったんだなって思ったんだよね」

月村くんはなにも言わず、私の言葉を待つ。彼のこういうところが、愛しいと思う。否定も肯定もせずに、私の声に耳を傾けてくれるところが、好きだ。

「そう思えるようになったことに、よかったなって思った」

なにも感じないことのほうが、おかしかった。

どうでもよくなって、手放して、見えるものがあった。

お母さんの無茶苦茶な必死さとか、お父さんのずるさとか、身勝手さとかかっこわるさとか。私はこんなものが自分にとっての絶対的な存在だと思っていたのかと、それが、情けなくなった。

「じゃあこれからは、そういう日々じゃなくなるな」

「うん、そう。そうなの」

自信を持って答えると、月村くんは頷いて私の手を取った。

視線を合わせると、やっぱり月村くんはすごいなと感じる。彼はきっと今、私がどういう気持ちなのか、察しているのだろう。だから、眉を下げて、けれどやさしい笑みを浮かべているのだろう。

ぎゅっと指先に力を込める。

「私さ、引っ越したら、スマホを買うつもりなの」

「うん。いいと思うよ」

「スマホ持って、連絡先聞きに、会いに来る。来年の、夏には」

「……うん、待ってる」

月村くんは、わかっている。さすが、月村くんだな。

私が会いに来るまで、連絡をとる方法がないということを。

明日会うこともなくなり、この瞬間から、一年間、私たちは会えなくなる。声を聞くこともできなくなる。それをわかっていて、彼は〝待ってる〟と言ってくれる。

月村くんと一緒にいる時間が永遠に続けばいいのにと思う。まるで――ぬるま湯の中に浸《つ》かっているみたいに幸せで心地がいいから。

――『ふたりでいられればいいって、そう言われたもの』

お母さんも、知らない誰かと一緒にいるときは、そんな気持ちになったのかもしれない。なにもかもどうでもいいと、そう思って、私とお父さんを手放したんだろう。

私と、同じかもしれない。

そのことに、私は怖くなった。

月村くんがいなくなったあと、私もお母さんのように座り込んで立てなくなるかもしれない。月村くん以外のすべてに必要性を感じられなくなって、自分を保てなくなるかもしれない。

それは、いやだ。

「待っててね」

だから、それまで、待っていて。

立っているのはいつだって自分の足でありたいから。

地面に足裏をしっかりとくっつけて、それを感じて前を見ていたい。

スマホを持って、クラスメイトと会話をして、勉強はもちろんだけれど暇な時間にのんびりして、なんの役にも立たないかもしれないドラマや映画をたくさん観《み》て、いろんな感情を摂取したい。

「かっこいいな、菊池は。すごいよ」

「月村くんがいたからだよ」

「おれも、菊池といられたおかげで、最近はいい感じな気がしてる」

よくわかんないけど、それは、いいことだ。

足を一歩踏み出して、彼に近づく。彼も半歩ほど近づいてきて、私たちの体がぴったりとくっついた。

頬に彼の胸がある。視界の先には、まだ花火をしている様子が見えた。

別れるわけじゃない。しばらく、自立のための時間をそれぞれ過ごすだけだ。

だからもちろん、苦しかったり会いたくなったりするはずで、そのたびに私は今日のこの夏の日を、この先何度も何度も、思い出すだろう。そして何度も、月村くんに恋をして、自分を奮《ふる》い立たせるだろう。

花火の光がぼやけて見える。

それが涙のせいだと気づいたのは、月村くんがそれを拭ってくれたときだった。

この涙は、未来への希望か、運命への感謝か、一時《いっとき》の別れへの哀情か。すべてのことに対しての、不安か。

「今日、一緒に花火しに行けばよかったな」

「じゃあ、来年、一年後再会したときは一緒にやろう」

月村くんは、私の頭をやさしく撫でながら言ってくれた。

来年の約束。それが、私がいなくなって、さびしくなる？」

「月村くんは、私がいなくなって、さびしくなる？」


私の質問に、月村くんははっとしたような表情を見せた。そして一瞬視線が揺らぎ、目を瞑る。再び瞼《まぶた》を開いた彼は、私を真っ直ぐに見つめていた。

「大丈夫だよ、菊池。おれたちはなるようになる」

月村くんは本当に、私の気持ちをテレパシーで感じ取っているのかもしれない。

「離れても、一度一緒に過ごせたから、おれも菊池も、大丈夫」

そうだ。そのはずだ。

だって私たちの出会いは、運命だから。

＋　＋　＋

夜になって窓を開けると、蒸し蒸しした空気が部屋の中に広がった。

窓に肘をかけて外を眺める。海のないこの土地は、盆地のせいか夏は暑くて冬は寒い。

「はなちゃん、晩ご飯できたよー」

一階からおばあちゃんが大きな声で私を呼んだ。おばあちゃんはいつも大声で叫ぶ。

はあい、とおばあちゃんに負けじと声を張り上げて、引っ越し後すぐにお父さんが買ってくれたスマホを摑んで立ち上がった。

スマホの便利さは思った以上で、今となってはなくてはならないアイテムだ。

引っ越しする前に持っていれば、今も月村くんと連絡をとっていただろう。

そうであれば、と思ったことは何度もある。けれどそのたびに、そうじゃなくてよかったんだろうな、とも感じる。

階段を降りていると、手にしていたスマホが震えた。友だちとのグループトークに紫央ちゃんからの『明後日のランチ予約したよ！』というメッセージが表示される。それに対してすぐに他の友だちが、ありがとう、や、了解、のスタンプを返している。私もみんなと同じようにスタンプを送った。

一年前、この家にお父さんとやってきたときは不安でいっぱいだったけれど、おじいちゃんもおばあちゃんも私にすごくやさしく、ときにおせっかいに感じるほどの距離感で接してくれて、あっという間にこの家が〝家〟になった。

すぐに友だちができただけでなく、親友と呼べるような子ができた。校内では常に誰かと歩くようになり、これまでしたことのない寄り道も数えきれないほどした。

あまりにうまくいきすぎて心配になることもある。自分の振る舞いは大丈夫かと人付き合いに戸惑うこともある。

それを含めて、私は今の日々を楽しいと、心の底から感じている。

家は、鳥籠なんかじゃなかった。私の世界は、誰のものでもなかった。

私はいつでも自由に外に出ていける。だから、いつでも帰ってこられる。

今日までのすべてが、月村くんとの日々のおかげだ。

彼と出会い、彼の存在のおかげで、私はこれまで枷《かせ》になっていたものに気づき、自分でそれを解くことができた。そして彼と離れることで、自分の足で立っていく決意ができて、今こうして、踏み出して歩いている。

月村くんも、同じように思っていてくれたらいい。

あの夏の日、私と過ごしたことが彼の今に続いていたらいい。

——私たちにとって、あの日は運命だった。

思い出がいつだって、私に光を注いでくれる。

外から蟬の声がする。

あの夏の日を何度も思い出し、一年を過ごして、また、夏がやってきた。眩しい光が、目の前に迫っている。

月村くんとまた会える、やっと会える、夏がきた。

3　その海に忘れていく

忘れるべきではなかったらしい過去がある。

でも、忘れてしまったおれには、それがどれほど大事な思い出なのかはわからない。

今のおれの中にあるものは、おれが覚えていることだけだ。

「おれ、千鶴《ちづる》のことが好きだ」

だから、今の気持ちを伝えるしかできない。

友だちが楽しんでいる花火の光を浴びる千鶴の顔には、不安が浮かんでいた。

おれの記憶から消えた一年前の夏の日、おれは千鶴とどんな会話をして、なにを思ったのか。それによって千鶴がどれほど苦しんだのか。何度過去に手を伸ばしても、おれには摑むことができない。

あの夏の日、おれはたしかに、生きる意味を見失った。

だからといって死にたいわけではないし、そんなこと許されないのもわかっていた。後悔と反省の仕方がわからずもがいていた。

その気持ちがなくなることはない。

なのに、それを抱《かか》えた状態でも、おれは躊躇《ちゅうちょ》なく千鶴に手を伸ばした。理由はただ、伸ばしたかったから。

おれはバカで、考えなしで、その場その場で行動をしてしまう。きっと一年前のおれもそんなことをしでかしたんだろう。そして、千鶴を傷つけたんだろう。

それでも、千鶴はおれの手をとってくれた。

千鶴にとってやり直しの今日は、おれにとってはじめての、新たな一歩目の今日だった。

＋＋＋

目の前に、猫がいた。

助けなければいけないと思った。

手を伸ばして、そして、消える猫と、あらわれた女性の姿と、衝撃。

おれは、ひとを殺した十字架を背負っていかなければいけない。

同じことを二度と繰り返さないように。気を引きしめて、まわりを見て、感じて、過ごす。そして、誰かを救える価値あるひとに、ならなくてはいけない。

──『ひとを殺しても、笑えるんやな』

熱のこもった視線を向けた女の子の冷たい声が、どこからか聞こえた。

ふと気がつくとおれは浜辺に立っていて、背後には潮風を身に纏《まと》うようにポニーテールの髪の毛を揺らしながら、失笑を浮かべる女の子の姿があった。

もしかしたら、おれは、生きていることそのものが罪なのかも。

いっそいなくなってしまったほうが、まわりも、自分も、楽になれるのでは。

そう思った瞬間、アラームの音が鳴り響いて世界が弾《はじ》けた。

さっきまでいた女の子の姿はなくなっていて、部屋の天井がおれを見下ろしている。

「夢か」

だよな、と呟《つぶや》きスマホのアラームを止める。

時間は八時。今日は十一時に千鶴と出かける約束をしている。どこに行くんだったっけ、とまだ動揺して落ち着かない心臓をなだめながら深呼吸をする。

ああ、そうだ、千鶴が行きたいと言っていたカフェに行くつもりなんだった。

目を瞑《つぶ》り、きらきらした瞳でスマホをおれに見せてくる千鶴を脳裏で描く。

おいしそうだよね？　どう？　食べたくなった？　と言っていた。

千鶴を思い出すと気持ちが落ち着いてきて、頭がはっきりしてくる。

最後に息を細く長く吐き出してからベッドを出て、階段を降り、洗面所で顔を洗う。

「おはよう、律《りつ》」

「おはよう」

リビングにはすでに身支度《みじたく》を済ませた両親がダイニングテーブルに座っていた。もう三十分もしないうちにふたりは仕事に出かけるだろう。

「夏休みなんだからゆっくり寝っててもいいのに」

そう言って朝食を用意しようと立ち上がる母さんを「いいよ、自分でやるから」と止めた。毎日このやり取りをしている。これをしなくては一日がはじまらないかのようだ。

父さんは「今日はなにするんだ」と視線をおれに向けずに訊《き》いてきた。これも毎日のやり取りだ。

「今日は千鶴と出かける。夜には帰ってくるよ」

「そうか」

こくりと小さく頷《うなず》く父さんに、心の中で安堵《あんど》のため息をつく。

毎日その日の予定を伝えているが、そのたびに難色を示されないかと不安になる。これまでそんなことは一度もないが、おれが気を抜いたら父さんはすぐに見抜くだろう。

事故があってから、父さんの眉間《みけん》には常に皺《しわ》が寄っていて、母さんの眉は常にハの字になっている。

おれがおれであるかぎり、ふたりはこの先もずっと、その顔なんだと思う。

食パンをトースターの中に放り込んでタイマーをセットする。そのあいだに電気ケトルでお湯を沸かしてインスタントコーヒーの準備をした。母さんが毎日用意してくれているサラダを冷蔵庫から取り出す。

「冷蔵庫に卵やハムもあるから、足りなかったら食べていいのよ」

「うん、ありがと」

「夏休みはずっと忙しいのか」

「まあそれなりかな。毅《たけし》の家に行くか、図書館に行くか、遊びに行くか、だけだけど」

この会話は夏休みに入ってからほぼ毎日交わしている。会話に意味はない。同じ空間にいるから、話をするだけだ。

他人には仲のいい家族に見えるのか、もしくは、おれが感じるようによそよそしく映るのか。どうなんだろうか。

小学校四年のころからかれこれ七年、おれの家族は家族の在《あ》り方《かた》を見失っている。

決して仲が悪いわけじゃない。ただ、お互いにどう振る舞えばいいのかわからない。一度亀裂《きれつ》の入った家族関係の修復方法は、いまだに見つからない。

それでも、この一年で幾分かは会話が増えたような気がする。

以前はなんとか会話しなければ、と顔を合わせたら必死に話題を探して話しかけた。必死になればなるほど両親との距離ができるような感覚に襲われながらも、おれが諦《あきら》めたらそこで関係が終わってしまうのではないかと恐れていた。そのくせ、そんな時間が憂鬱《ゆううつ》でもあり、おれは両親に心配かけない程度に家にいる時間を少なくしてふたりを避けていた。

でもいつからか、なぜかあまりそういう気持ちを抱かなくなっている。

無理に話をしなくてもいいか、なるようになるしかないか、と思うようになって家にいるときに過剰《かじょう》に気を遣《つか》わなくなった。その分無言の時間は増えたけれど、とくに居心地の悪さはない。

おれから話題を振らないようになると、なぜか逆に両親が話しかけてくることが増えた。もちろん、定型文のような中身のないもので、会話は長く続かないが。

不思議だよな。

自分で用意した朝食を口に運びながら、なにがきっかけなんだろうかと考える。

どれだけ考えても、見当はつかない。ただ、その変化が去年の夏、階段から落ちて頭をぶつけてからだということはわかっている。

事故に遭《あ》う前のおれは、どうにかしなければともがいていたはずなのに、なるようになるしかない、どうでもいいか、と思えるようになった。まるで憑《つ》き物が落ちたみたいに。

頭を打ったことで、おれの脳になにかしらの変化があったのだろうか。

「じゃあ、そろそろ行ってくるな」

父さんがすっくと立ち上がった。「行ってらっしゃい」と声をかけてご飯を食べ続ける。

母さんも出かける準備で忙しそうにリビングと洗面所を行ったり来たりしている。

おれは黙々と、ご飯を食べ続けた。


八月の暑さは、七月とは比べものにならない。

電車から降りて目的の店に向かっていると、ふたりの頬に汗が流れていく。

「あああああああつぃいいいいい」

へばった顔をする千鶴が呻《うめ》き声をあげた。

「どこ行ってもあっついな、さすが夏」

「今日の最高気温四十度超えるらしいよ。信じらんない」

千鶴は顔を顰《しか》めて「うちわほしい」「くるみさんにもらった扇子《せんす》持ってきたほうがよか

ったかも」「でも扇子ってなあ……」とぶつぶつ文句を言っている。

千鶴は母親のことを名前を呼んでいる。そのことを知ったのは千鶴と付き合って半月ほど経《た》ってからだった。

くるみさんって誰？と訊いたときに「あ、お母さんのこと。あたし名前で呼んでるんだよね」と教えてくれた。なんで名前で呼ぶのかはわからないが、仲がいいってことなんだろう。一応、普段ひと前では〝お母さん〟と呼んでいるらしい。

「扇子、いいじゃん」

「くるみさんには似合うけど、あたしが持ってるとなんか浮くんだよね」

千鶴の母親には、一度会ったことがある。中学生のとき、道端《みちばた》で横たわっていた猫を保護したときだ。動物病院に来てくれて、支払いをしてくれた。すごく若いひとで驚いた記憶はあるが、顔は忘れてしまった。

ただ、千鶴の母親が、千鶴のことを「ちーちゃん」とかなんとか呼んでいて、その仲がよさそうな関係に嫉妬したのは覚えている。猫を引き取ることをあっさりと受けいれてくれたのも、羨《うらや》ましかった。とにかく、千鶴がいる環境が、羨ましいなと思った。

そんな千鶴だから、おれは千鶴に惹《ひ》かれたのだろう。

――『律はどうしたいの？』

──『そのままでいいのかって、不安になることはない？』

幸せな千鶴だからこその台詞《せりふ》だと思う。

あの言葉に救われたわけじゃない。でも、おれの胸にずっと灯《とも》り続けていた。気分が沈んだとき、鬱屈《うっくつ》しているとき、いつだってあの言葉が脳裏に浮かんだ。

「なににやにやしてんの？」

「え？　そんな顔してた？　なんだろ。千鶴が好きだなって思ってたからかな」

「……すぐそういうこと言う」

むうっと拗《す》ねたように千鶴が眉間に皺を寄せる。本音なのに。

「今度のデート、千鶴どこ行きたい？」

「もう次の話？　それにいつもあたしに訊くけど、律は希望ないの？」

「千鶴が暑がらないデートがいい」

「なにそれ。夏なんだからどこ行っても暑いに決まってるじゃん」

ぶは、と笑った千鶴は、さっきまでの顰めっ面《つら》ではなくなっていた。

「暑いのいやがってたらどこにも行けないよ。暑いって言いながら汗流して過ごすのが夏の醍醐味《だいごみ》だし。ピクニックとかハイキングは無理だけど。……いやでも、悪くないかな」

今度はおれがぶはっと笑ってしまう。

「おれ、千鶴のそういうところ好きだな」

「……あたし、律のそういうところきらい」

心の底から言ったのに、千鶴はさっきよりも不満そうな顔で言う。

「律は思ったこと素直に言いすぎる」

ぷいとそっぽを向いた千鶴に、体が強《こわ》ばってしまう。つないだ手から千鶴にその動揺が伝わってしまったんじゃないかと心配になった。けれど千鶴は「反応に困る」と耳を真っ赤にして呟いた。

「千鶴、照れてる？」

「そういうとこ！　そういうところ！　口にしないで！」

「あ、ごめんごめん」

口元をぱっと押さえるけれど今さらだ。

考えるよりも先に口が動いてしまう悪い癖《くせ》はなかなかなおらない。気をつけているのに、どうしておれはこう、後先考えずに、まわりの気持ちを考えずに、言動に移してしまうのだろう。

千鶴が「もう」と肩をすくめたので、呆れられたのかと不安になるが、

「でも、そういうところが好きでもあるから、困る」

付け足された言葉に、なにかが掬《すく》い上げられたような気分になった。

――いつも、千鶴はそんなふうに、おれを受け止めてくれる。

ちょっと恥ずかしそうに目を伏せながら、小さな声で言うところなんかは、とてもかわいい。思わず口にしてしまいそうになり、慌《あわ》てて呑み込む。また千鶴に「きらい」と言われてしまいそうだから。

我慢していると、千鶴に「またにやにやしてる」と睨《にら》まれた。その反応もかわいいことを、千鶴はわかってない。

千鶴の一挙一動に、おれはいつも感情が動かされる。

高校一年の夏から一年ほど千鶴を追いかけてきたけれど、おれは昔から、千鶴の素直な反応をかわいいなと思っていた。それが特別な感情からくるものだと気づいていなかっただけで、おれは、ずっと前から千鶴が好きだった。

きっと千鶴は信じてくれないけれど。

――『話しかけないでほしいの』

去年の、高校一年の二学期、学校で顔を合わせた千鶴に言われた台詞《せりふ》を思い出す。

千鶴を意識するようになったのは、あれからだ。

はじめは、意味がわからなかった。おれの記憶では、最後に千鶴と会ったのはみんなとお化け屋敷に行った日で、その日に千鶴と仲違《なかたが》いした、なんてことはない。

それから二学期がはじまるまで千鶴とは会っていなかった。

でも実際は、みんなで花火をした日があったらしい。らしい、というのは、おれにはその記憶がないからだ。

夏休みの終盤、おれは行ったことのないビルの非常階段の下で倒れていたようで、目を覚ますと病院のベッドの上にいた。

それが友だちと花火をしていた日だったと毅が教えてくれた。でも、どれだけ思い出そうとしても、おれはそれを思い出せなかった。

どうやらおれには二週間ほどの記憶がないようだった。

医者によれば「そのうち思い出すかもしれないし思い出さないかもしれない」とのことだ。そのことにはじめこそ不安になったが、毅に二週間でなにがあったか訊くと、ちょうどお盆でいつものメンバーで遊んだのはお化け屋敷から花火の日まで一度もなかったと教えられた。毅とは数回会っていたが、ゲームをしたりだらだらファミレスで過ごしたり、内容はとくにこれといってない、いつもの日々だったのだとか。

花火をしたことを忘れているのは残念だけれど、そのくらいならたいしたことないか、と気にしないことにした。それに、妙にすっきりしていて悪い気分でもなかった。

結局のところ、たかが二週間だ。

記憶喪失になったことよりも、両親にまた迷惑をかけてしまったことが心苦しかったのもある。

でもまさか、その記憶を失った二週間のあいだに、千鶴に告白されていたなんて。

そして、それに対しておれが『彼女がいる』と言ったなんて。

とくに後者はいまだに信じられない。

当時は千鶴のことはもちろんだけれど、ほかに好きな子どころか気になる子すらもいなかった。そんなおれがたった二週間で誰かを好きになって交際するに至るなんて。

そもそも彼女がいたなら、スマホにその相手の連絡先くらいあるのが普通だろう。

階段から落ちたときにスマホは壊れてしまったが、新しく買い直したスマホに電話番号はそのまま引き継いだ。ＳＮＳのアカウントもかわってない。

メッセージアプリだけはおれの設定ミスでデータがすべてなくなってしまったけれど、それでしかつながってない、なんてことはないだろう。だって彼女だ。

学校でもそれらしい相手は見つからなかった。同じ学校じゃないとしても、おれのまわりに彼女らしい存在は影も形もなかった。なにより、千鶴以外の誰も、毅でさえも、おれに彼女がいると言うひとはいなかった。

その結果、おれは友だちとしてしか見ていなかった千鶴からの告白を断るために嘘をついたのかもしれない、という結論を出した。

……だとしたら、最低だな。

おまけに、そんな理由で振っておいて、千鶴が好きになるなんて。

いや、そうじゃない。おれはそれ以前から千鶴が好きだった。千鶴と話せなくなって、千鶴に距離を置かれて、やっと自分の気持ちに気づいたのだ。

当然、千鶴はなかなかおれの気持ちを信じてくれなかった。おれがしてきたことを思えば、それは当然だ。

だからといって諦められるはずもなく、千鶴にうんざりされながらも、一年間、想いを伝え続けた。

やっとのことで付き合えたのは、先月中旬、一ヶ月ほど前のことだ。

「うわ、並んでる」

店の前には数人が列を作っていた。最後尾に並び、順番がくるまでおとなしく待つことにする。

「そういえば千鶴、今年のお盆も帰省《きせい》すんの？」

「今年は行かない予定。家にお父さんとくるみさんだけにするのは心配だから」

ふうん、と返事をしたけれど、なぜ両親だけだと心配になるのかはよくわからなかった。

付き合いだしたころ、母親がしばらく家を空《あ》けていると言っていたのとなにか関係があるのだろうか。そのときは「ちょっと用事でね」とか「もう帰ってくる」と話していたので気にしていなかったし、今はもう家に戻ってきていると聞いている。

もしや千鶴の両親は仲が悪い、とか？

でもそれも、なんか違うような気がする。

違和感を覚えながらも、それを訊《たず》ねていいのかわからないでいると「律は？」と千鶴が訊いてきた。

「おれは両親が仕事だから、今年もお盆はとくに予定はないな」

だから、家族旅行というものを、今までほとんどしたことがない。せいぜい日帰りで、それもおれが事故を起こすまでのことだ。

「そっかー。あ、そういえば今度きいちゃんと真希《まき》と一緒に映画観《み》に行くことになった」

「ああ、恋愛映画だっけ？　観たいって言ってたよな」

「そうそう。律は恋愛映画あんま観ないって言ってたし、ふたりも観たがってたからさー」

べつに千鶴に誘われたら一緒に行くのに。断らないのに。

でも千鶴はおれが断っても気にしなさそうだな、とも思う。そっかー、とあっさり受けいれて、別の友だちに声をかけそうだ。おれと付き合っていなくても、今とさほどかわらない日々を送っているようにも思う。

千鶴は、いつでも〝千鶴〟だ。

そんな千鶴を見ていると、おれも自分に向き合って立っていられる。

そのことを、千鶴は知らないだろう。おれ自身、千鶴への想いに気づかされたことでわかったことだ。

「千鶴はなんか、かっこいいよなあ」

「なにそれ、どしたの」

怪訝《けげん》な顔をする千鶴に、「好きってこと」と答えると、真っ赤な顔をして睨《にら》む千鶴の視線にまじって、そばにいたひとたちの生温かい視線を感じた。

千鶴といると、幸せだなって、幸せでいいんだって、おれは大丈夫なんだなって思える。

そんなふうに受けいれることができるのは、千鶴のおかげ——だと思う。

これといってなにかあったわけではないけれど、たぶん、千鶴との思い出が積み重なって、そう感じられるようになったんじゃないかな。

お盆休みの終盤、久々に毅の家にみんなで集まった。

おれは何度か来ていたが、千鶴や真希もそろうのは夏休みになってはじめてだ。

「あー夏休みも残すところあと十日しかねえのかあ」

ソファにごろんと横になった毅が情けない声で言う。

「カウントダウンしないでよ、鬱陶《うっとう》しい」

「紀利子《きりこ》はうるせえ」

「はあ？　あんたがうるさいんでしょ。お盆休みにどこも行けなかったからって毎日毎日指折り残りの夏休み数えるんだから」

目を吊り上げて反論する紀利子に、毅は耳を塞《ふさ》いだ。

仲がいいんだか悪いんだかわからない双子の言い合いを無視して、おれと千鶴、そして真希がお菓子を食べながらテレビゲームをする。真谷《しんや》と諒太《りょうた》は夕方まで用事があるようで、今日は不参加だ。

「お邪魔するよー」

ぎゃあぎゃあと騒がしいおれたちの輪に、毅のおばさんがジュースのおかわりとお菓子の詰め合わせをお盆にのせてやってきた。千鶴が「ありがとうございますー」と嬉しそうに言ってジュースを手に取る。

「あ、千鶴ちゃん聞いたわよ。律くんと付き合ってるんだって？」

おばさんがにやりと笑って言うと、千鶴はぶふっと飲んでいたジュースを噴き出す。そばにあったティッシュを摑んで「なにしてんの千鶴」と渡してあげた。

「おいそこ、いちゃつくな！」

それに対して素早く突っ込んだのは毅だ。紀利子と真希も「そうだそうだ」と突然毅の味方になっておれを責める。千鶴は「もうやめてよ！」と顔を真っ赤にして口元を拭《ぬぐ》いながら叫んだ。おばさんはくすくすと笑いながらキッチンに戻っていく。

「あ、アイスねーじゃん。母さんアイスはー？」

テーブルにあるお菓子とジュースを見て、毅が叫ぶ。おばさんは「昨日の分が最後だって言ったでしょ」と呆れたように答えて「ほしいなら自分で買いに行きなさい。あ、ついでに牛乳買ってきて」と言った。

えー、と毅が不満げに声を上げるけれど、アイスを食べたい欲が抑えきれないのか立ち上がる。

「よし、律、行くぞ」

「え、おれも？」

せっかく快適な屋内にいるのに。

抵抗するが、こういうときの毅は絶対に引かない。おまけに紀利子たちにまで「ついでに紅茶ほしい」とか「コンビニのからあげ食べたい」とか言われて出かける羽目になった。

太陽が猛威を振るっている空の下を、顔を顰めて歩く。

「うあ、あちい……」

「運動だ、運動」

「おれは毅よりもまだ動いてるほうだと思うけどな。お前、夏休みおれらと遊ぶ以外ずーっとゲームしてんだろ」

紀利子の話を思い出して言ってやると、毅がすぐにまた耳を塞ぐ。

毅は遊ぶのが大好きな割には出不精だ。でも、この炎天下では億劫《おっくう》になるのもわかる。

そういえば、おれも今年の夏は家にいることが多くなったなと思う。

以前は、休日も長期休暇も外出して、毅の家でよく過ごしていた。両親がいてもいなくても、家の中は澱《よど》んだ空気が充満していて、息苦しかったからだ。

けれど、今は両親となにか話をしなくては、と思わなくなったことで、家にいることになんの抵抗も感じなくなった。家にいてもいいか、なるようになるか、用事がないのにわざわざ出かけなくてもいいか、と思うようになっているからだろう。

蟬《せみ》の鳴き声に耳を澄ませながら、不思議な感覚に襲われる。

「律は千鶴と仲良くやってんだな。内心どうなるんだと思ってたけど、ま、よかったな」

「毅にそういうこと言われると痒《かゆ》くなるな」

「だってさー、仲間うちで付き合うとか、やっぱり妙な感じじゃん。ただでさえこの一年、お前ら微妙だったし」

そうだっけ、と言いつつ、毅に気づかれていたことに内心驚く。

紀利子と真希は千鶴と仲がいいから事情を知っていただろう。でも、それを毅に話すようなふたりでもない。なにより、この一年、千鶴は学校ではおれを避けていたが、みんなと遊ぶのを断るようなこともしなかった。

「それに律、去年まではオレの家にほぼ毎日入《い》り浸《びた》ってたのに、今年の夏は頻度《ひんど》が減っただろ。千鶴と出かけてるんだろうとは思ってても、けっこう心配してたんだぞ」

「週に一、二回は会ってるけどな。でもたしかに前は毎日だったな。心配させといて悪いけど、とくに理由はねえよ。外が暑いから家にいる日が増えただけ」

「だと思ったけどな。律ってけっこう気分屋だもんなー」

ぴくんと体が小さく反応する。

気分屋、と言われたのははじめてだ。

「おれが？　え？　そうなの？」

「そうだろ。にこにこ楽しそうにしてると思ったら急に物静かになったりするじゃん。機嫌が悪いわけじゃなさそうだから、まあいいんだけど」

そんなふうに思われていたとは。

毅の説明を聞いても、自分ではピンとこない。

ああでも、友だちといるとき、ふと我に返ったように自分の言動に注意を払うときはあったか。それが、気分屋だと思われてしまったんだろう。

「去年ちょっと律の様子がおかしかったから、気になっただけだな。連絡とれなくなったり、遊びに誘っても断ったり、用事ができたとか言って待ち合わせに遅れたり」

「なにそれ。まったく覚えてないな」

「まじで？　え、あー、そっか、記憶がないんだっけ。そのころだわ」

階段から落ちる前の二週間のおれの様子らしい。

でも、おれが毅たちの誘いを断るなんて本当にあったんだろうか。

「用事って、なに？」

「オレが知るわけないだろー」

用事の詳細も言わなかった、というのも、なんだか変だな。

記憶がないのはたった二週間で、その前も今も、おれは別人格になったわけではなく、かわらずおれだ。

まるで、その二週間だけ、別のおれになっていたみたいだ。誰かに乗っ取られてたのでは。ありえない話なのに、そう考えたほうが現実味がある。

いや。

――『ひとを殺しても、笑えるんやな』

ちょうどそう言われたところだから、なにかしらがあっても、おかしくない。

むしろ今こうして、なんとかなるかと笑って過ごせているほうがおかしい。

「うわ、ひとだ」

あちいなあと空を仰《あお》いだ毅が、びくっと体を震わせて言った。

「ひと？」

毅の見る方向に視線をやると、ビルの屋上にひとかげが見えた。逆光でそのひとかげが男か女かはわからない。

「飛び降りとかじゃねえよな」

「このビル五階くらいだろ。死ぬならもっと高いところ行くんじゃないか？」

毅は「なんか怖いからさっさと行こうぜ」と逃げるように走りだし、おれもそれについていく。

夕方になって日が沈みはじめると、千鶴が「そろそろ帰るね」と腰を上げた。

「どうしたの？　今日はやいじゃん」

真希が不思議そうに言うと、

「くるみさん、あ、お母さんが、最近体調よくないから、はやく帰って家のことを手伝おうかなと思ってさ」

千鶴はそう答えた。

「え、そうだったのか。大丈夫か？　おれと出かけてたけど、無理させてた？」

「大丈夫大丈夫。あんまりそばにいすぎてもくるみさんが休めないから。本当に大したことじゃないし、どうしても無理なときがあったらちゃんと言うよ」

千鶴は笑顔だ。だから、千鶴の言うように大丈夫なんだろう。

でも、ときどき、千鶴はまわりに気を遣っているんじゃないかと思うときがある。ただそれが無理をしていたり我慢をしている、というようには見えない。

何度も千鶴の気持ちを確認するとよけいに気を遣わせてしまうようで（実際よく似たや

り取りをしたことがある)、そういうときは、

「ならいいけど」

と笑って答えるようにしている。

そのほうが、千鶴はさっきとはちがう笑みで「うん」と言ってくれるから。

「んじゃおれも帰ろうかな。千鶴送っていくよ」

「うわあうわあ」

おれも立ち上がると、三人が顔を見合わせて首を振る。いったいどんな感情からの言動なのか。からかわれているのかいやがられているのかわからないんだが。

三人の妙な視線を無視して、カバンを持ってみんなと毅のおばさんに挨拶《あいさつ》をし、家を出た。空には青にうっすらとピンクがまじりだしていた。

「わ、タイミング悪い」

歩きだしてすぐに、千鶴がスマホを見て顔を顰める。

「今日お父さん帰ってくるのはやくてもう家にいるって。知ってたらまだ遊んだのに」

「じゃあ、寄り道でもしながら帰るか?」

「律が時間大丈夫なら。あ、じゃあ海寄っていこう」

ぽんっと飛び跳ねるように、千鶴が海に向かっていく。その手を摑んで並んで歩く。

さっき毅と行ったコンビニの前を通り過ぎて、海に近づいていく。距離が縮まるにつれて微《かす》かに波の音が聞こえてきた。もう少し進むと堤防とまわりにある木々が見えて、その向こうから潮風がやってくる。

おれの家は、毅の家から海と反対方向にあるが、以前はよく、毅の家の帰り道に寄ってしばらく海を眺めていた。

波を見ていると、足元に力が入るから。

波にさらわれないように、踏ん張ろうと思えるから。

どちらかというと海はそんなに好きじゃない。だからこそ定期的に、なにも考えなければあっという間に流されてしまいそうな、寄せては返す波の様子を見ることで、歯を食いしばることができたんだろう。

それもここ最近はしていない。

今の今まで、そのことも記憶から抜け落ちていた。

海を一直線に目指して歩いていると、潮風と波音に包まれだした。堤防から浜辺に降りると、沈みだしている太陽が海面を不思議な色に染めている。

「うわ、きれい。こんなにきれいだったっけ？」

感嘆《かんたん》の声をあげた千鶴が駆けだしていく。

「たしかに、きれいだな」

何度も見ていたはずなのに、今日はじめてきれいだと感じる。

先月、みんなで花火をしたのも、この海だ。けれどあのときは夜だったし、千鶴はなぜおれを信じてくれないのかと、そればかり気にしていて、海を見る余裕はなかった。

去年の夏の、記憶を失う直前のあのできごとすらも、思い出さなかった。

——『ひとを殺しても、笑えるんやな』

海をひとりで歩いているときだ。突然、そう声をかけられた。

ポニーテールの、関西弁を喋《しゃべ》る女の子だった。ひとを殺しても、という言葉に血の気《け》が引いたのを覚えている。

彼女は呆然としているおれに、おれを庇《かば》って亡くなった女のひとの従姉妹《いとこ》なのだと、事故があったその瞬間をすぐそばで見ていたのだと、そう言った。

あの日、彼女に会うまでおれは彼女の存在を知らなかった。

でも、おそらくおれと同年代の彼女は、事故からずっと、おれのことを覚えていたのだろう。彼女にとって大切だった従姉妹を死に至らしめたおれを、忘れるはずがない。逆の立場ならおれだって決して忘れないし、許せない。

なにも言えないでいると、彼女は背を向けて去っていった。

なにか最後に言っていたような気がするけれど、はっきりとは聞き取れなかった。

あの瞬間、おれはここから消えたいと思った。消えなければ許されない気がしたけれど、消えることも許されないように思えて、どうしていいかわからなかった。胸を傷《いた》ませることすら罪のような気がして、心臓を取り出したいと思った。

いっそ、死ねたらいいのに、誰か殺してくれたらいいのに、とそう願ったのを、覚えている。

なのに。

あれから一年経った今のおれには、あの感覚がない。ポニーテールの女の子を思い出すと胃が締めつけられるのに、あのときとは、なにかが違っている。

なぜなんだろう。

「行こっか」

ぼんやりと海を眺めて考えていると、千鶴がくるりとおれに振り返り言った。

「そういえば、先月花火したときの残りがまだまだあるって毅が言ってたよ」

「めっちゃ買い込んだもんな。あと三回くらいはできるんじゃないか？」

「夏休みのあいだにもう一回くらいしておいてもいいかもね」

たしかに、と話しながら、「でも飽きたよな」とふたり同時に同じ台詞《せりふ》を口にする。

花火は楽しいしきれいだけれど、一回したらけっこう満足だ。

「中学の同級生集めてやれば楽しいかも」

「また律は思いつきで無茶を言う。でも、律が言ったら実現するかもしれない」

「冗談だよ」

たぶん。また自分がなにも考えずに喋っていたことに気づかされて、反省する。

「ねえ帰り道にスーパー寄ってもいい？」

「いいよ。なんか買うの？」

「くるみさんが最近トマトにハマってるんだよね。冷蔵庫になかったら泣いちゃうから、念のため補充しておこうかなって」

トマトがなくて泣くってどういうことだ。

いいけど、と返事をしながら、千鶴の母さんの情緒不安定ぶりが心配になる。なにか、病気とか？　こういうときは聞き流したほうがいいんだろうか。

つい黙りこくっていると、

「実はさ、くるみさん、妊娠してるの」

ぽつんと千鶴が呟くように教えてくれた。

妊娠、と小さな声で繰り返し、ほっと胸を撫で下ろす。

「秘密ね。まだ誰にも報告してないから。どうなるか、わかんないし」

千鶴の表情には不安が浮かんでいる。

「まだ安定期に入ってないから、家の中ちょっとピリピリしてるんだよね。お父さんはあんまり気が利《き》かないから、あたしが家にいたほうがいいかもなって」

そういうものなのか。

「そっか、千鶴に妹か弟ができるんだ」

「うん、そう。今はまだ、楽しみーっとは思えないけど」

笑っているけれど、千鶴はかなり心配しているのがわかる。

「大丈夫だよ。おれは、そう信じてるよ」

「……ありがと。あたしも、信じたい」

千鶴の返事に、なんとなく、おれはかける言葉を間違えたような気がした。

でも、じゃあなにが正しかったのかと言われると、わからないのだけれど。

「千鶴には、芯があるよな。一見なさそうなのに」

「……それ、褒《ほ》めてるの？」

「もちろん。おれは、千鶴のそういうところが好きなんだから」

きっぱりはっきり答えると、千鶴は「ども」と素っ気《そけ》なく、けれど照れながら答えた。

その様子があまりにかわいらしくて、ふは、と噴き出してしまう。つないだ手をぎゅうっと強く握りしめられて「笑わないで」と叱《しか》られた。そんなことされたらますます笑ってしまうというのに。

「千鶴」

好きだよ、と口を開きかけたそのとき、

「月村《つきむら》くん」

背後から名前を呼ばれた。

へ、と千鶴と同時に振り返ると、見覚えのない、同い年くらいの女の子が立っている。

やや吊り上がった意志の強そうな瞳をしているのが、外灯の下で浮かび上がる、が、どことなく不安そうにも見えた。

っていうか。誰だ。

……おれの名前を呼んだ、ということは、知り合いなのだろう。

「え、えーっと……？」

「素通りするから、びっくり、しちゃった」

彼女の視線は、おれと千鶴のつながった手に向けられている。

誰だろう。マジで記憶にない。

「菊池《きくち》さん、だよね？」

頭をフル回転させて記憶を探っていると、となりの千鶴が恐る恐る名前を口にした。

「あ、うん。え、覚えていて、くれてたんだ」

なぜか菊池と呼ばれた女子は驚いている。

「そりゃ。となりのクラスだったし。ほら、菊池さんだよ、律。去年の二学期に転校しちゃったんだけど、同じ高校に通ってたよ。でもあたしも一瞬誰かと思っちゃった。なんか雰囲気かわったよね。明るくなったっていうか」

まるでおれが彼女のことを知っているのは当然のように話されている、けれど、千鶴の話を聞いても正直さっぱり思い出せない。去年の二学期に転校したってことは、実際一学期のあいだしか同じ学校に通ってないんだよな。しかも同じクラスじゃないんだよな。

さすがに接点がなさすぎる。

でも、彼女はおれを、知ってる。道端で話しかけてくるってことは、何度か会話をしたことがあるんだろう。

……でもやっぱり、記憶にない。

「あ、あの」

相変わらず彼女はおれと千鶴の手を見る。

目の前で手をつないでいるのがそれほど気になるのだろうか。

千鶴の様子を窺《うかが》うようにそっと視線を向けると、菊池と呼んだ彼女を見つめていた。

「千鶴？」

「っ、あ、ねえ、ここで、いいよ」

「え、なにが？」

「律、菊池さんとひさびさに会ったんでしょ？　せっかくだから話しなよ。あたしひとりで帰れるし」

ぱっと笑顔を向けた千鶴は、その勢いでおれの手を放した。

「いや、送るって」

「いいからいいから。気にしないで。じゃ、菊池さんもまたね！」

おれが引き留《と》めようとするのを振り切り、千鶴が早口で喋り踵《きびす》を返す。

まるでおれと彼女をふたりきりにするみたいに駆けだしていく千鶴の背中を見ていると、突然頭痛に襲われる。

がすんとこめかみに釘を打ち込まれたような、刹那《せつな》の衝撃に、視界がかすむ。

待って、千鶴。なんで。行くな。そんなの望んでない。そんなのは、ちがう。

頭の中で自分の声が響く。今自分が思っていることなのか、かつて思ったことなのか。

「月村くん、大丈夫？」

「え、あ……ああ、ごめん」

ふらりとよろめくおれに、菊池が心配そうに声をかけてきた。やさしい、少し低めのあたたかみのある声は、妙な懐《なつ》かしさを感じさせる。

体勢を整えて、菊池に向き合った。

「あの、ひさしぶり」

「ああ、うん」

ひさしぶりもなにも、覚えていないのだが。

忘れていることを言うタイミングを逃してしまった。

冷や汗が浮き出てくる。それを汗と誤魔化して手で拭う。

「今日、こっちに来たところなの。明日には帰る予定なんだけど、月村くんに会う方法考えてなかったから、どうしようかと思ってたんだよね。昼間は屋上で待ってたんだけど、そろそろ帰らないとって思ったら前から月村くんが来て、びっくりしちゃった」

彼女はおれを見て目を細める。

おれのことをよく知っているかのような親げな口調から、じわりと好意を感じる。

屋上ってなんだ、と視線を彷徨《さまよ》わせると、すぐそばに五階建てのビルがあった。

そういえば、おれはどこかのビルの非常階段から落ちたんじゃなかったか。それがどこなのかは、気にしたことがなかったので知らなかった。

「連絡先くらい訊いといたらよかった」

「……おれに、会うために？」

「え、うん。また会いに来るって、そう、言ってたでしょ」

おれの返事になにかしらの違和感を覚えたのか、彼女は怪訝そうな顔をした。

「約束したから会いに来たのに、なんでそんな反応なの？　ずっと会うのを我慢してたんだよ。今日ずっと、月村くんを探してたんだよ。月村くんは、会いたくなかったの？」

彼女はおれと誰かを勘違いしているのでは。でも彼女はおれの名前を呼んだ。連絡先も知らないのに、おれに会えないかと探していた。

彼女の言葉をひとつひとつ拾って、脳内で繋ぎ合わせていく。

そして、ひとつの可能性が、浮かぶ。その瞬間、体から力が抜けそうになった。

おれには、彼女がいたらしい。

彼女がいたから、千鶴からの告白を断ったらしい。

「……もしかして、おれ、と、付き合って、た？」

震える声で彼女に訊くと、彼女は「なに、それ」とショックを露《あら》わにした。

どうすればいいのか、頭の中が真っ白になる。

足元が一気に不安定になって、バランスを崩しそうになる。

「どうしたの？　大丈夫？」

目の前の女の子も、動揺しているのがわかった。

このまま逃げ出したくなる。なにもかもなかったことにして、彼女に背を向けて駆けだしたい。できれば、千鶴のもとに向かいたい。千鶴を抱きしめて、安心したい。

でも、そんなこと許されない。

「……おれ、覚えてない、んだ」

逃げるな、と自分に言い聞かせて、声を絞り出した。

「え？」

「おれ、去年の、記憶がないんだ」

「ちょ、ちょっと待って。なに？　どういうこと」

彼女は、目を見開いて口をぽかんと開けていた。その表情には、驚きではなく、衝撃や絶望が浮かんでいた。石になったみたいにかたまっているけれど、瞳だけが揺れている。

ゆらゆらと、まるで、海面みたいに。はっきり見えるわけじゃないのにそんなことを思う。

「去年の夏休みの一部を、忘れてて……」

「本当、なの？」

彼女の顔から目を逸らし、こくりと頷く。

「だから、菊池のこと、今のおれは覚えてなくて」

言葉を交わしただろうことも、付き合っていたことも、そして、付き合っていたのなら彼女に抱いていたであろう恋心も、今のおれには、なにも残っていない。

それで、と声を絞り出す。

「今、おれ、千鶴と付き合ってるんだ」

「なに、それ……そんなの、そんなの、ひど、い」

ふらりと彼女がおれに近づいてくる。声には涙が滲《にじ》んでいて、胸が苦しくなる。

でもそれは、身に覚えのないことで誰かを傷つけたんだということに対してだ。

心から謝っているし、本当に申し訳ないと思うのに、どこか他人事《ひとごと》のようにも思えてしまうのは、おれが最低な人間だからかもしれない。

そのことを千鶴に知られたら、きらわれてしまうかもしれない。

「待ってるって言ったのに」

涙でゆらめく彼女の瞳が、まっすぐおれに向けられる。

目を合わせることができずに逸らしてしまう。彼女から向けられる叱責《しっせき》するような視線を、まともに見ることができない。

心のどこかで、そんなこと言われても、と思ってしまっているからだ。

「この一年、私は月村くんのこと、一年後再会したら一緒に花火をしようって約束したこと、ずっと覚えてたんだよ。だから、私、新しい場所で過ごせたんだよ」

「ごめん。本当に、ごめん」

「なんなの忘れたって。私との時間は、そんなに簡単に忘れられるようなものだったの？毎日会って話したのに。傷ついた心を見せ合って、慰《なぐさ》め合ってたのに。私はそれに救われたし、月村くんだって同じだと思ってたのに」

心の傷。

たしかにあのころはおれの中にそれがあった。

去年の夏、ポニーテールの女の子に話しかけられたことで、決して忘れられなかった記憶が体内から噴き出すような衝撃に襲われた。抱えきれない過去の罪に、無気力になった。

でもそれを、彼女に語った記憶はない。

誰かに吐露《とろ》して癒《いや》されるようなものだったとも、思えない。

じゃあ、今それがどこにいったのかは、わからないけれど。

「あの日、私だけがいればいいって、言ってくれたのに」

なにも言えないでいると、菊池がまたずいっとおれに近づいてきた。

そして、手を伸ばしおれの腕を摑む。

「月村くんは、教えてくれた。猫を逃がしてしまったこととか、事故に遭ったこと。両親とそのせいでギクシャクしてることも。私だから話せたって、言ってくれた」

「なんで知って……いや、おれが、話したの、か」

彼女の言うように、彼女はおれと、いろんな話をしたようだ。

そのくらい、おれたちは深い関係だったんだろう。たしかに、おれは目の前の彼女と付き合っていたのだろう。じゃなければ、過去の話をするわけがない。

でも記憶のないおれは、誰かが自分の過去を知っていることに、恐怖を感じてしまう。

事故のことは、ほとんどのひとが知らない。それは、おれの住むこのあたりからずいぶん離れた場所だったからだ。闇雲に自転車を走らせて、気がついたときには子どもだったにもかかわらず数キロも離れたまったく知らない土地に辿《たど》り着いていた。

自分の行動で誰かを死に至らしめてしまったことを、おれは誰にも言えなかった。

幼いときからそばにいた毅にだって、言ったことがない。

それどころか、そのことについて両親とも話したことはない。

たぶんそれは、これからも。

「あの子は、知ってるの？」

びくりと体が震えて、反射的に顔を上げる。

「月村くんは、私と一緒にいるのが好きだって言ってくれた。そう思えたのは私がはじめてだって、言ってくれたんだよ。だから、いろいろ話してくれたんだと、思う」

「いや、でも」

否定しようとしたおれを止めるかのように、おれの腕を摑む菊池の手の力が増した。

「あの子には、話してないんでしょ？　話せないんじゃないの？　話せるような相手じゃないんじゃないの？　なのに、月村くんはあの子が好きなの？」

なんでそんなことを言われなくちゃいけないのか。

そう言い返したいけれど、口が動かない。喉《のど》にピンポン玉が詰まっているみたいに苦しくなって、声が出せない。

「私のこと、好きって、言ってくれたんだよ」

おれは、彼女が好きだった。多分それは間違いないだろう。

ただ、その記憶がおれにはないだけで。

「前も今も彼女に話してないのに、私には話してくれた。それって、私のほうが月村くんにとって特別だからなんじゃないの？　だったら、記憶がなくてもこれから一緒にいたらまた——」

彼女の爪が、おれの肌に食い込んだ。その瞬間、全身に電気が走ったかのように震える。

「——知らない！」

喉が破裂するんじゃないかと思うほどの勢いで叫んだ。

壊れたのは喉ではなく頭だったのか、脳が揺れる。

痛い。頭が、痛い。

体を捩《よじ》って、彼女の手を振り払う。

また彼女を好きになるなんて、ありえない。そんなことあってはならない。

「おれは覚えてない。本当に、それは悪いと思う。でも今、おれは千鶴が好きなんだ」

「なんで、なんでなの。わかんないじゃない」

「おれは、今のままがいいんだ！　おれの今を、壊さないでくれ！」

縋《すが》りつこうとする彼女の手を、声で制止する。

「急にあらわれても困る。あんただって、おれの知らない場所でおれとかかわらずにこれまで過ごしてきたんだろ。じゃあ、べつにこれからもおれがいなくたっていいだろ」

今すぐここから立ち去りたい。彼女の前から消えたいし、おれの前から消えてほしい。

そんな思いで頭の中が埋め尽くされて、自分が今なにを喋っているのかわからなくなる。

目をかたく瞑《つぶ》ると、黒色に灰色がぐねぐねと渦巻いているのが見えた。

見えているはずがないのに。ぐにゃぐにゃで、ぐちゃぐちゃで、さまざまな言葉がひっきりなしに浮かんでそれが積み重なって、おれの思考をぐちゃぐちゃに塗りつぶす。

ただ、口だけが動いている。

なにも考えることができないのに、言葉が溢《あふ》れ出てくる。

どのくらい無我夢中で叫んでいたのか、ふっと息が途切れた。おれの体から言語がすべて放出されてしまったのか、途端に世界がクリアになっていく。

その先に見えたのは、彼女の、菊池の、静かに涙を流している姿だった。


「律、どうしたの」

玄関を開けてすぐに階段を駆け上がると、すでに帰宅していたらしい母さんの驚いた声が聞こえた。けれどそれを無視して部屋の中に飛び込む。

頭が痛い。なにかに乱暴に揺さぶられたみたいに、ぐらぐらして、めまいもする。

呻《うめ》き声を押し殺すように、床に座り顔をベッドに押しつける。

——おれは、最低だ。

泣きだした彼女を見て我に返り、謝った。謝って、逃げ出した。

本当におれは、小学生のときから成長していない。

ああいうときこそ冷静に話をしなければいけなかった。

相手は覚えているのだ。忘れたのはおれの問題で、彼女にはなんの罪もない。

だから彼女にちゃんと向き合って、誠心誠意謝らなければいけなかった。あんなふうに声を荒らげて彼女を突き放すべきじゃなかった。

猫がいないからと家を飛び出し、家族に連絡することすら思いつかず、ただ町を彷徨っていたころと同じだ。野良猫の姿を見つければすぐさま追いかけて、まわりを見ることなく、毛色がちがうことすらも気づかず、道路に飛び出したときとなんらかわっていない。

あのときは、名前も知らない女のひとを死なせてしまい、そばにいたポニーテールの女の子の心に傷を負わせた。ほかにもたくさんのひとを傷つけた。女のひとの家族に、おれの両親も。車の運転手やその家族も被害者だ。

逃げ出した猫もそのまま行方《ゆくえ》知れずで、きっとどこかで命を落としただろう。誰かに拾われて幸せになった、なんて楽観的な想像は微塵《みじん》も浮かべることができなかった。

もう決して、まわりを不幸にするようなバカな真似はしないと心に誓ったのに。

おれのために亡くなったひとに、おれを助けたことは無駄だったと思われないように振る舞おうと思ったのに。

それがおれにできる唯一《ゆいいつ》のことだと思ったのに。

泣いている彼女の顔が脳裏に焼きついて消えてくれない。

そして、おれから手をはなして先に帰った千鶴の後ろ姿が蘇《よみがえ》る。

きっと千鶴のことも傷つけた。

「なんで、彼女なんか作ってんだよ、おれは」

くぐもった声が漏《も》れる。

なんで忘れたんだ、ではなく、なんでおれはあの子と付き合ったのかと、そればかりだ。

怖い。

忘れていることも、そのときの自分が自分じゃないみたいなことも。

かといって、その日々を思い出したいわけでもない。

ただただ、怖い。

いっそ今のこの記憶もなくなってしまえばいいのに。


ふっと目を開くと、部屋の中が明るかった。床に座ってベッドに突っ伏した状態で寝てしまったようで、目がしぱしぱする。体を起こすと全身ががちがちにかたまっていて、首を寝違えたのか動くと痛い。そのせいか、まだ頭痛がする。

エアコンもつけずにいたせいで、体がじっとりと湿っていた。よく途中で寝苦しさに目を覚まさなかったなと思う。

「ほんとに、成長してねえ……」

自分に呆れてしまう。

事故のあと、おれは部屋にしばらく引き籠《こ》もって、何度も後悔してはそのまま眠って、を繰り返した。目が覚めればあれは悪い夢だった、なんてことにならないかとすら考えた。

今も、同じだ。

昨日のことは悪い夢で、なにもなかったんじゃないかと、そう思いたい。

でも、この状況が現実だとおれに突きつけてくる。

のろのろと立ち上がり、ポケットに入れたままのスマホを取り出した。数件のメッセージが届いていたけれど、千鶴からはなんの連絡もない。

っていうかおれがしろよ。

自分のバカさ加減にほとほと呆れる。後悔に後悔を重ねて、バカすぎる。

電話をしようか。でも時間がまだ朝の六時半なので、千鶴は寝ているかもしれない。

声が聞きたい。けれど、起こすわけにはいかないので「ごめん、体調悪くて帰って寝てしまった。ごめん」とメッセージを送る。すぐに追加で、菊池とのことを伝えたほうがいいだろうと指先を動かし、その手を止めた。

なんて言えばいいんだろう。

千鶴は、菊池が、おれの記憶にないあいだに付き合っていた相手だと気づいただろうか。もし気づいていなければ、よけいな心配をかけるのでは。普段どおりにしたほうがいいのかもしれない。菊池とは少し喋っただけで別れた、とかなんとか。

でも、もし千鶴が察していた場合、それは絶対にしちゃいけないことだとも思う。

だとしても、なにを伝えればいいのか。

今のおれは、菊池と付き合っていたと知ったところでなにもかわらない。おれにとっての彼女は千鶴だ。そのことを伝えて、千鶴は安心してくれるだろうか。あの子のことは好きじゃないと、千鶴が好きなんだと。

――記憶はいまだに戻ってないのに。

覚えていないおれの言葉を、千鶴は信じてくれるんだろうか。

ぎゅうっとスマホを両手で握り、項垂《うなだ》れる。

窓を閉めているのに聞こえてくる蟬《せみ》の鳴き声が煩《わずら》わしい。

「律、起きてるの？」

こんこんとノックが聞こえて、弾かれるように顔を上げる。

「え、あ、うん」

「お腹《なか》、空《す》いてるんじゃない？　朝ごはん用意するから」

母さんがそっとドアを開けて顔を覗《のぞ》かせた。

「急になに？」

おれの言葉で母さんの顔が強《こわ》ばったことに、気づくまで数秒かかった。

「や、ごめん。ありがとう」

慌てて取り繕《つくろ》った笑みを顔に貼りつけて言葉を付け足すけれど、母さんの表情はかたく、おれ以上に歪《いびつ》な笑顔を作って小さく頷いてから背を向けた。

また、やってしまった。

まるでさっきの台詞は〝これまでおれのことなんか気にしなかったのに〟という嫌みのようだ。そういうつもりで言ったわけではない自分でも、そう感じるほどだ。母さんはもっと感じただろう。

……実際、これまで母さんにあんなふうに話しかけてもらえたのは、小学生のとき以来ではあるが。

でもそれは、両親のせいではない。

おれの浅はかな行動がすべての原因だ。

ふうっと息を吐き出し、ゆっくりと立ち上がって部屋を出て階段を降りる。

「おはよう」

母さんに声をかけて、ダイニングテーブルに腰を下ろした。おれの声で目が覚めたのか、すぐに父さんがパジャマ姿であらわれて、「律、今日ははやいな」と声をかけてくる。

以前のおれなら、昨日のことを——菊池に会ったことは伏せて——話していただろう。毅たちと遊んでいたら頭が痛くなって、気がついたら寝ていた、と。心配かけてごめん、今日はもう大丈夫、と。そして今日はどうやって過ごすつもりかも報告していた。

そうすることで、両親が安心するだろうと思ったからだ。

おれがなにかしでかさないかと不安を抱いているふたりに、過去に事故を起こした罪深いおれへの扱いに頭を悩ませているふたりに、おれができることはそれだけだから。問題は起こしていないと、だから今もおれにはちゃんと友だちがいるのだと伝えるためだった。

今思えば間抜けだなと思う。

そんなことで過去がなくなるわけではない。

だから、もとに戻るはずもない。

一度壊れてしまえば、修復は難しい。修復の経験がないから、なにをすればいいのかわからない。

そうやって、時間が経てば経つほどに溝《みぞ》は深まっていく。

つまり、もうなるようにしかならない。

いつからかそう思ってなんとかしようと振る舞うことはなくなったが、気を抜いてはいけない。さっきみたいになにげなく口にした言葉が、両親を傷つけ不安にさせてしまうかもしれないのだ。

「いただきます」

ほとんど喋らずに母さんのご飯を待ち、並んだ料理にすぐに箸《はし》を伸ばす。

必死に話題を探す必要はない。空回りしてよけいに気まずい空気になるから。

「体調悪いなら、今から病院行くか？」

聞こえてきた声に、「え？」と顔を上げる。父さんが不調なのかと視線を向けると、「律のことだ」と言われて、もう一度「え？」と声を出した。

「昨日、体調悪かったんだろ」

なんで知ってるんだ、と思ったけれど、帰宅してすぐに部屋に閉じこもったから、そう思っても不思議ではないか。

「ああ……いや、べつに大丈夫。ちょっと疲れただけ。遊びすぎたのかも」

「今はどうなの。今日、わたしは仕事休みだから……」

「なんともないよ」

まだ頭痛が残っているけれど、それは言わないでおく。

「それに今日は家でゆっくりすると思うから、迷惑はかけないよ」

「そういうことじゃなくて、しんどいでしょ」

「大丈夫。気にしないで」

今日はやたらと気を遣われていて、苦笑してしまう。べつに体調不良ははじめてのことではないのに。いや、これまでは風邪を引いても平気なフリをしていたんだっけ。幸い、体は健康なほうだったから寝込むようなことはなかった。

ツキンツキンと、こめかみに針を刺されるような痛みが続く。

でも、たいしたことじゃない。

「気にしないわけ、ないだろ」

父さんの怒ったような声に、おれはまたしても「え」と間抜けな返事をした。

「律はいつも、自分だけでなんとかしようとする」

「あ、そういうわけじゃ……え、と、ごめん」

頭痛くらいで病院に行かなくてもいいと思うんだけど。ここは素直に病院に行くと言ったほうがよかったんだろうか。でも、それほどひどくもない。

とりあえず謝ると、父さんは額《ひたい》に手を当ててため息をついた。

まるで、おれが事故を起こしたときのように。

「謝ってほしいわけじゃない。大丈夫ならいいんだ。でも、律はいつもそう言うから、本当に大丈夫かどうかが、わからないんだよ」

そういえば、父さんとこんなふうに話をするのはひさびさだな、とふと思う。

最近は挨拶くらいしかしていなかった。それ以前も父さんはおれが話しかけたときに短い返事をするだけだった。

「ごめんね、律」

なんで母さんが謝るんだろう。首を傾《かし》げるおれに「ごめんね」とまた謝る。

おれはどうすべきなのか悩み、「うん」と頷いた。

「ありが、とう」

戸惑《とまど》いながらお礼を伝えると、両親は眉を下げたままほんのわずかな笑みを浮かべた。

なにかを、間違えているような気がする。おれの返事なのか、もっと、別のなにか、根本的なことなのか。

どうすべきなのかぐるぐる考えたものの、結局それからおれが発した言葉は「ごちそうさま」だけだった。

気まずさを隠して自室に戻り、スマホを確認する。まだ朝早いからか千鶴からの返信はなく、どうせならもう一眠りしようかとベッドに横になった。

再び目が覚めたのは昼前で、そういえば昨晩お風呂に入れなかったことに気づき、シャワーを浴びることにした。

仕事が休みだという母さんにそれを伝え、さっとシャワーを浴びて部屋に戻る。窓の外には見るからに暑そうな青空が広がっている。

「……まだ寝てんのかな」

タオルで髪の毛を拭《ふ》きながら、なんの連絡もないスマホを眺める。

でもこれまで、千鶴はいつも午前中には連絡をくれていた。

もしかしたら怒っているのかも。おれに対して不信感を抱いているのかも。

おれからもう一度連絡すべきか。千鶴からの連絡を待つべきか。

悩んでいるとどんどん心拍数が上がってきて、そわそわしてしまう。

どのくらいのあいだ悩んでいたのか、スマホが震えて弾かれたように顔を上げた。メッセージ、ではなく、千鶴からの電話に緊張が解けて涙腺《るいせん》が少し緩《ゆる》んでしまう。

「千鶴」

「わ、びっくりした。出るの、はや」

「スマホ持ってたから。ちょうど、千鶴に連絡しようか悩んでたところで」

「悩んでたの？　なんで」

千鶴の口調はいつもどおりで、そのことに安堵する。

「昨日、連絡できなくて、ほんとごめん」

「メッセージ見たよ。体調悪くなったんでしょ。今は大丈夫？」

「うん。ごめん、ほんと、ごめん」

何度も電話越しに謝ると、ふは、と千鶴が噴き出すのがわかった。

「菊池さんとよりを戻すから、謝ってるの？」

くすくすと、冗談を言っているような軽やかな台詞に、一瞬、時間が止まる。

「――、ちが、う」

「そっか」

やさしい声だった。けれど、千鶴の表情は電話では見えない。

今、千鶴はどんな気持ちで、どんな顔をして、おれと電話をしてくれているんだろう。

昨日からなにを思って過ごしていただろうか。でもそれを、おれが電話で訊くのはあまりに無神経な気がして言えない。

千鶴と向かい合って話がしたい。手をつないで、そばにいるのを確認したい。

でも、今日は千鶴と約束をしていない。千鶴は母親を心配しているので、家にいたいは
ずだ。無理はさせたくない。じゃあせめてビデオ通話なら、と考えが過《よ》ぎったけれど、む
しろもどかしくなってしまいそうだ。

「おれは、千鶴が好きだよ」

今のおれができることは、それを伝えるだけだ。

「好きなのは、千鶴なんだ」

返事がないので、何度も繰り返す。

千鶴に伝わってほしい。千鶴に安心してほしい。おれを信じてほしい。不安に思わない
でほしい。

そうしたら――おれの不安も消えるから。

なんて情けなくてかっこわるくて、最低なんだ。涙まで浮かんでくる。

でも決して、嘘じゃないんだ。

「千鶴」

「ねえ、律」

何度目かの好きという言葉を遮《さえぎ》り、千鶴がおれを呼んだ。

「律は、どうしたい?」

「おれは、千鶴と」

「今、したいことはないの?」

おれが、したいこと。

千鶴に会いたい。話がしたい。

でも、今日は両親に家にいると思うと言ってしまったし、千鶴にも予定があるかもしれないし、千鶴は会いたくないかもしれない。

それでも、したいことは。

「——会いたい」

「あたしも、律に会いたいよ」

千鶴はいつだって、おれに手を振って、こっちにおいでと、そう言ってくれる。

おれの手を摑んで引き上げたり引っ張ったりはしない。おれが自分で動くきっかけをくれて、待っていてくれる。

立ち上がり、部屋を飛び出す。そのまま一直線に玄関に向かい、スニーカーを履《は》いた。

「どうしたの、律」

慌ただしいおれの様子に、母さんがびっくりしたのかリビングから駆け寄ってきた。

「ちょっと出かけてくる」

「体調悪いんじゃないの?」

「大丈夫。心配かけるようなことはしないから。ちゃんとまわりも見て動くし、誰かに迷惑はかけない、から」

「そういうことを言ってるんじゃないの!」

玄関のドアに触れた手が、母さんの大きな声で止まる。そろりと振り返れば、母さんが目を吊り上げておれを睨《にら》んでいた。

母さんのこんな顔を見るのはひさびさだ。昔はよく叱《しか》られていたけれど、事故の件以来はなかった。

おれが、気をつけていたから。

でも、それだけだったんだろうか。

母さんが声を荒らげたあとに、はっとして申し訳なさそうな顔をした。

もしかしたら、母さんも父さんも、ずっと、おれと同じように気を遣っていたんじゃないだろうか。そのことに、ぎこちない関係をどうにかしようと必死になっていたおれは、気づいていなかったんじゃないだろうか。

「誰かに迷惑もかけちゃ、だめだけど……それだけじゃなくて」

震える声で母さんが言葉を続ける。

「律がまた事故に遭ったり、怪我《けが》をしたりしないか……を、心配してるの」

心配。おれを。おれのことを。

母さんの言葉を咀嚼《そしゃく》する。それを何度も繰り返す。

母さんがおれを心配してくれている。

考えてみれば当然だ。小学生のころ車に轢《ひ》かれかけて、一年前には階段から落ちて救急車で運ばれたのだから。

そのことに一度も考えが及ばなかった。

「……ごめん」

思い返せば、両親はいつもおれを気にかけていた。

そのことに気づかないほど、おれはずっと、自分でなんとかしなければと、そう思って空回りしていた。

「階段から落ちてから……律の様子もかわったし、心配になるでしょう」

「うん」

おれがかわったことで、両親もなにかが、かわったのかもしれない。

だからって、おれがひとに迷惑をかけるかもしれないことを心配していないわけでもないことくらい、おれにもわかる。

もしも両親がおれだけの心配をしていたら、それを素直に受け取ることはできなかっただろう。

だって、おれがそんなふうには思えないし、忘れられないし、両親にだって、忘れてもらいたくないからだ。おれを庇《かば》って亡くなったひとのことを忘れていいわけがない。

かといって、そのことばかり気にされると苦しいのも事実だ。

どちらかではなく、どちらも同時に同じ場所にある。

そっか、そうだよな。

心の中で呟くと、それがすとんと腑《ふ》に落ちて、頭が軽くなった。だからなにってわけでもないのだけれど。

この瞬間から昔のような家族に戻れるわけでもない。

結局のところ、なるようになるしかない。

顔を歪ませている母さんとしっかり目を合わせて、「ありがとう」と伝える。そして、

「でもごめん、出かけてくる。体調は本当に、大丈夫。行ってくる」

ドアを押し開けて、外に出る。最後に「なにかあったら、連絡するから」とだけ言い添

えた。ドアの隙間《すきま》から見えた母さんは、相変わらず眉をハの字にしていたけれど、わずかに苦笑を浮かべていた、と思う。

仕方ないな、と言いたげに。


「てっきり近くで電話してくるかと思った」

千鶴の家のチャイムを鳴らすと、千鶴が驚いた顔で出てきた。

「……あ、うん、そっか。うん」

一分一秒でもはやく千鶴に会いたくて自転車でやってきた。もちろん両親を心配させないようにと無茶なスピードは出さなかったが、今のおれは酸欠状態だ。

千鶴の家までの道のりが、緩やかな上り坂続きなのを忘れていたのだ。

息がなかなか整わず、膝に手をついてくらくらする頭を支える。あまりにしんどくて逆に頭痛がなくなった。

「しかもなにその格好」

「え？　あ、ああ……」

千鶴に言われて、自分の姿に気づく。

そういえばシャワーを浴びて楽な格好になったまま着替えることもなく家を出てきた。

薄手のパンツに変なキャラクターの描かれたTシャツ姿だ。さっき体を洗ったのにすでに全身汗まみれで、なにしてるんだかわからない。髪の毛も乾ききっていない。

「変？」

「珍しいだけで変じゃないよ。とりあえず家入って。暑いでしょ」

自転車を家の前に止めて中に入ると、千鶴の家族はどうやら外出しているらしく、姿はなかった。かわりにふわふわの猫がおれのそばにやってくる。

おれの記憶では小さくて痩《や》せっぽっちだった猫が、今はとても大きくて毛並みもよくなっている。若干《じゃっかん》、太りすぎているような気もするけれど、それもかわいい。

「こいつも、千鶴に救われたんだよな」

「なに言ってんの、律でしょ。律が見つけたんじゃん」

「千鶴がいなかったら、おれはなにもできなかった」

あのとき、千鶴がおれにどうしたいのかと訊いてくれたおかげだ。そして、おれのしたいことができるようにと、手を貸してくれたおかげだ。

「おれは、後先考えずに、動くから、だから、千鶴のおかげなんだよ」

冷たいお茶を注いだグラスをテーブルに置いて、千鶴が「変なの」と肩をすくめた。

お茶に口をつけて、体に水分を補給する。冷房のおかげで、ほてった体も次第に落ち着いてきた。

「千鶴も言ってただろ、おれはけっこう、大胆なことを言いだすって」

猫を見つけたときも同じだ。なにもできないくせに、連れて帰ることもできないくせに、手を差し伸べた。千鶴がそばにいなければどうしていたのか、自分でもわからない。

千鶴は不思議そうな顔でおれを見ていた。

千鶴の目が少し、赤い。よく眠れなかったのか、もしくは、泣いたのか。

手を伸ばして、千鶴の目元に触れる。

「いろいろ、ごめん」

「うん。もっと謝ってほしい」

「これからも、千鶴にはおれの彼女でいてほしい」

千鶴はその言葉に、うん、とは返事をしなかった。唇を噛んで、ゆっくりと言葉を探すように考えこみ、しばらくしてから「記憶は?」とおれに訊く。

「記憶は戻った?」

「……戻ってない」

「そっか。じゃあ、なんで菊池さんが好きだったのかも、わかんないのか」

困ったような微笑を浮かべて、千鶴が肩をすくめる。

千鶴の言葉をどう受け止めたらいいんだろう。

記憶が戻ったとしても、おれは絶対千鶴が好きだと、そう言えばいいのかもしれない。

――むしろ、その言葉はおれが言われたいくらいなのに。

忘れた日々を思い出せば、すっきりするのは間違いない。菊池にも千鶴にも、向き合えるかもしれない。記憶があるからこそ、進める先が存在する。

――でも、思い出したとき、おれはどうなるのか。

千鶴が好きなのに、もしも菊池のことを好きになったら。

「怖いな」

「……あたしのほうが怖い」

「だな」

「そこは張り合ってよ」

できるわけない。どう考えたって、千鶴のほうが怖いはずだ。付き合うときから、そう言っていた。

「どっちが苦しいとか怖いとか、そんなの比較のしようがないんだから。答えなんか絶対、わかんないんだから」

なのに千鶴は、そう言ってくれる。

千鶴のこういうところが、やっぱり好きだと思う。

バカのひとつ覚えみたいに、ただただ、千鶴が好きだと思う。単純な言葉でしか言い表せない。もっと別の表現があればいいのに、おれにはそんな器用さも、繊細さもない。

今、となりにいるのが千鶴でよかった。

同じだとか、わかるとか、慰められるよりも、救われる。

──『あの子は、知ってるの？』

昨日、言われた台詞が不意に蘇った。

おれは菊池に、過去のことを話したらしい。誰にも話したことがないのに彼女に語った理由はわからない。でも、それがきっかけでおれが彼女を好きになったのだとしたら。

なら、今ここで千鶴にすべてを打ち明けたとき、千鶴の反応におれはどう思うんだろう。

「あの、さ、千鶴、おれ、昔……事故に遭ったことが、あるんだ」

千鶴は目を瞬《しばた》かせて「そうなんだ」と答える。突然、どうして事故の話をするんだろうと疑問に思っているんだろう。

「飼ってた猫がおれの不注意で、逃げてさ、それで、探し、に行って」

脳裏に過去の自分が映像で浮かんでくる。

やめとけ、とまれ、まわりを見ろ、ともうひとりの自分が必死に叫ぶけれど、届かない。

「それ、で」

「ちょっと待って、律」

必死に声を絞り出していると、千鶴がおれの手を摑んで話を遮った。

「律、その話、あたしにしたいの？　なんのためにするの？」

「……千鶴、には、伝えたほうが、いいかと」

千鶴は「なんで？」と眉間に皺を寄せる。

「それ、あたしに関係あるの？　あたしに言ったら、律は楽になるの？　吐き出したいなら聞くけど、でも、あたしには律が、言いたくないのに言おうとしてるように見える」

そうじゃない、と口にしようとすると、喉が萎《しぼ》んで苦しくなった。

息苦しさに口を開けると、かわりに、涙が溢れて慌てて拭う。

なに泣いてんだ、おれは。こんなかっこわるい姿、千鶴に見せたくないのに。

そう思えば思うほど、涙を止めようと思えば思うほど、どんどん溢れてくる。

「言いたくないなら、言わないでいいんだよ」

おれが泣いているせいか、千鶴の瞳も潤《うる》んで見えた。

「あたしは、言わないよ」

千鶴が断言する。なにを、と声に出さずに訊くと、千鶴は「いろいろ」と曖昧《あいまい》に笑った。

「言うとしたら、過去の出来事として受けいれられたときかな。あたしはね。黙っているのが耐えられないひともいるだろうし、それはそれでいいと思う。律や誰かがあたしに話を聞いてほしいならいくらでも聞くし、寄り添うよ」

「でも……」

やっと声が出た。

一拍あけて、そのあとに続く言葉を考える。

「菊池は、知ってた」

ほんの少しだけ、千鶴の眉が顰《ひそ》められた。唇をわずかに窄《すぼ》めてから「そっか」と呟く。

菊池には話したらしい。なのに千鶴には話せないなんておかしいんじゃないだろうか。今のおれが好きなのは千鶴なのに。なら、話すべきだと、そう思った。

「それはたしかに……ちょっと悔しいね」

「だから、千鶴にも」

「きっと、そういう雰囲気になったんだろうね。律にとって菊池さんは話せる相手だったんじゃない？　すごい悔しいから、あたしも話してほしいって思わないでもない」

千鶴は拗ねたように言う。けれど、それがわざとだとわかる。

だって千鶴が、涙を浮かべているから。

無意識に手を伸ばして、千鶴の前髪に触れた。ぴくりと体を震わせた千鶴が、眉尻を下げて笑う。

「律は、あたしのすべてを、知りたいと思う？　あたしが、話したくないことでも、話してほしいと思う？　無理矢理にでも聞き出そうと思う？」

千鶴がなにを抱えているのか、おれは知らない。でも、今目の前にいる千鶴の表情から、〝なにかを隠していること〟すらもおれには言いたくないことなんだというのは伝わってきた。

もしかすると、さっきのおれもこんな顔をしていたのかもしれない。

「話すのもしんどいくらいのことを、聞き出さなきゃ親しくなれないの？　わかり合えないの？」

千鶴を引き寄せて、抱きしめる。怒りか悔しさか悲しさ、そのどれものせいか、千鶴の体が震えていた。

「律が、今のおれを信じてって言ったじゃん」

「うん」

「過去の律は菊池さんにすべてを話したのかもしれない。そんなの知らないよ。あたしが知ってるのは、菊池さんと付き合う前と、今の律しか知らないもん」

千鶴の体温を感じながら、おれは千鶴を抱きしめているんじゃなくて、千鶴に抱きついているんだと思った。

本当におれはバカだ。

自分のことしか考えていなかった。

でも、こうして千鶴と話さなければ、おれはそのことに気づけなかった。

「律が付き合ってるのはあたしじゃないの？」

「うん、千鶴」

「だったら、今の律で、あたしを安心させてよ」

ありのままのおれを知ってもらわなければいけないような気がした。

菊池はきっと、そんなおれを好きになってくれただろうから。そして、千鶴はそんなおれを知らないから。

菊池がおれを知って好きになったように、おれも菊池のなにかしらを知ったから好きになったのかもしれない。

でも千鶴が好きな今のおれは、千鶴のことをそれほど知らないんだと、思う。

それでも、好きな気持ちはかわらない。

「ごめん、千鶴。好きだよ、千鶴」

「好きって言えばなんでも許されると思ってるの、ムカつく」

「……ごめん」

そんなつもりはなかったのだけれど。

顔を上げた千鶴にじろりと睨まれてしまった。

「おれはいつも、考えなしに口にしちゃうな、本当に」

以前、千鶴にそんなことを言われた。

そうしないように意識していたのに。

ついぽろっと溢れたものを、いつだって千鶴は見つけて拾い上げる。

「そうだね。でも、ムカつくけど、そういう思ったことを口にする律のことはきらいじゃないから、今のままでいいよ」

はーっと息を吐き出して、千鶴は涙で濡れた頰を手のひらで拭った。

今のままでいい。

千鶴はたぶん、その言葉がどれだけおれを救ってくれているか気づいていないだろう。

昔のように思うがまま過ごすおれじゃなくて、今のように自制しながらもできないおれでいいと、そう言ってくれている、と受け止めるのは、都合がよすぎるかもしれない。

ただ、千鶴はそんなおれを見て好きになってくれたんだよな。

「……なあ、千鶴。今日って用事ある？」

「今日はとくに。お父さんとくるみさんはふたりで出かけたし」

「なら、ひとつ、いやふたつ？　みっつ？　お願いしてもいいか？」

「またなにかするつもり？」

怪訝な顔をしつつも、千鶴の表情はどこか楽しんでいるように見えた。

——おれは、どうしたい？

自分に問いかけて、

「うん」

と千鶴に答える。


自転車だったおかげで、目的地にはすぐに着いた。スマホに届いたメッセージを確認してからポケットにしまい、階段をのぼる。時刻はまだ二時を過ぎたところなので、空は明るいし燦々《さんさん》と照り輝く太陽がじりじりとアスファルトを熱している。

階段はおれが足を踏み出すたびに、ぎいぎいと不穏な音を立てた。段差が微妙にずれているし、妙に滑りやすい階段だ。それほど危なくはないけれど、なにかに気をとられていたらずるりと滑り落ちてしまうだろう。

一年前のおれのように。

おれの足音が聞こえていたのだろう。屋上に着くと、菊池がこちらを向いて立っていた。

「よかった、いた」

「なんで？」

菊池は目を見開いておれを凝視《ぎょうし》している。まるで本物なのかと疑っているかのようだ。

まあ、それもそうか。昨日あんなふうに拒絶して逃げたおれが、ここに来るとは思っていなかったのだろう。昨日の時点ではおれも思ってなかったし。

「もしかして……記憶が」

「いや、ごめん。記憶は戻ってない」

不審がる菊池は、どこか昨日とちがって見えた。

おれの返事にも落胆を見せずに「だよね」とあっさり受け止めて「どうしたの」と訊く。

驚いていたけれど、もう落ち着きを取り戻したのか、ゆったりとした心地のいい話し方だ。

それに懐かしさを感じるのは、記憶にはないが、体に、耳に、菊池と過ごした時間で得たなにかが残っているからだろうか。

一歩ずつ近づいていく。

菊池はすでに視線をビルの先にある海のほうに向けていた。

「なんで来たの？　よくここがわかったね」

「おれが記憶を失ったのがこのビルの階段だから。なんでこんな場所で倒れてたんだろって思ってたんだけど、菊池と会ってたからなんだな」

それに、昨日屋上に人影を見つけたのもここだった。菊池に声をかけられたのもすぐそばだった。

「そうだったんだ。あの階段危ないもんね」

菊池のとなりに並んで、彼女の見ている方向をおれも見る。

海が見える。堤防と木々があるけれど、この高さまでのぼればけっこう見えるようだ。

「昨日は、ごめん。動揺して、ひどいことを言った、と思う」

「……うん。ショックだった」

「本当に、ごめん」

「もういいよ」

菊池はそれ以上なにも言わなかった。おれを責めることもないし、昨日のことでおれに怒っている様子も見せない。

お互いに黙ったままで、しばらく過ごした。

不思議なほど、居心地の悪さは感じない。めちゃくちゃ暑いはずなのに、それも気にならない。それどころか、なんだかぬるま湯の中で微睡《まどろ》むような心地よさがあった。

「去年もこうして、過ごしてたんだよ、私たち」

独り言のように菊池が言った。おれの返事を期待していないのか、話し続ける。

「ここで、いろんな話をした。私の両親のこととか、月村くんの事故のこととか。話すと楽になったし、月村くんもそうだったと思う。共有することで、慰め合ってた」

そうなんだ、と口に出したかどうかは自分でもよくわからなかった。

菊池はゆっくりと、おれたちにあった出来事を教えてくれる。なにを話したか、ではなく、どんなふうに過ごしたか。

おれはそんなことをしてたんだな。

柵に肘《ひじ》を乗せて、頬杖《ほおづえ》をつきながら想像してみるけれど、いまいちイメージできない。よく知らない相手に誰にも言わなかったことを話すものなのだろうか。よく知らないからこそ、話せたんだろうか。

あのころのおれと同じように、生きている意味を見失っていた相手ならどうだろう。菊池にも、なにかしら抱えたものがあったのだとしたら。

「そのときのおれは、仲間がほしかったのかもな」

でも、記憶がないからか、そばにいる菊池に対して、今のおれは仲間だと感じることはない。

それに、となりにいる菊池は、すごく強く感じる。

今のおれを受け止めてくれたから、菊池はおれに去年のことを話してくれているんだろう。それは、菊池がやさしくて強いからなんじゃないだろうか。そんな彼女がおれと痛みを分け合いたいと思うのだろうか。

仲間か、と菊池は口の中で味わうようにささやく。

「菊池は今も、おれになにか、聞いてほしい話がある？」

聞くことしかできないけれど、もしも菊池がそれを望むならば。

菊池に訊くと、彼女はしばらく黙って考えたあと「ううん」と首を横に振った。

「今の月村くんのことを、教えて。あれからどうなったのかなって思ってたから」

「どうなったって言われると、どうかなあ」

菊池に語ったらしいことを思い浮かべて、うーんと首を捻《ひね》る。

「まあそれなりに、肩の力を抜いて過ごして、なんとかなってるって感じ、かな」

菊池とのことは記憶にないけれど、それ以前の自分は覚えている。あのころのおれは、とにかくすべてのことに足掻《あが》いていたように思う。でも今は、それほどではない。両親との関係も、なんとかなっているかもしれない、と今日思ったところだ。

「……なんとかしようとは、してないの？」

「できるならしたほうがいいかもしれないけど、でも、もとに戻るって難しいことなんだなって気づいたんだ。これまでのことがゼロになることは、おれみたいに記憶喪失にならないかぎり無理だなって」

そう言いながら「でも記憶喪失になってもゼロにはなんないか」と付け足す。

「おれが忘れたって、まわりが覚えてる。だから、なんとかしようとしても、なったとしても、最終的には折り合いが必要なのかもしれない。そう、思うようになって、そんなふうに過ごしてる」

ひとを傷つけた過去は、かわらない。おれにとっても両親にとっても、死んだひとのまわりにいたひとにとっても。忘れたくとも忘れられないし、忘れていいはずもない。だから、それぞれが、過去と今の、折り合いを見つけていくしかないんだと、思う。

忘れられないことも。

忘れたことも。

その事実から目を逸らさずに。

振り返り立ち止まることはあったし、これからももしかしたらあるかもしれない。けれど、自分の今いる場所と次に踏み出したい方向を見つめていたい。自分のしたいことを見失わずにいたい。

たとえその姿が、ポニーテールの彼女には過去を忘れてのんきに笑って過ごしているように見えたとしても、それで非難されたとしても、それでいい。彼女の気持ちごとおれは受け止めて、でも笑っていたいと思う。

あの子はおれの気持ちなんて知らなくていい。

なにを言われてもおれは、受け止める。

それで、いいんだ。

おれは、大丈夫だ。いつからか、おれはなぜか、常に大丈夫だと思えるようになった。

「月村くん、なんか、かわったね」

いつの間にかおれのほうを見ていた菊池に言われて、「そう?」と自分の顔をさする。

「私と一緒にいたときの月村くんは、もう少し、無気力な感じだった」

「あー……そうかもしれないな。記憶がなくなる直前のことは覚えてるから、わからないでもないな。でもどうなんだろ。自分ではよくわかんないな」

首を傾げて曖昧なことを言うおれに、ふふっと菊池が肩を揺らして笑う。

菊池の笑顔を見たのは、はじめてだ。

凜《りん》とした彼女の印象が、柔らかいものにかわる。そのことに、なぜか安堵する。

「菊池も、おれに悩みとかを打ち明けるようには思えないよ」

「そうかな」

「なんか、大丈夫そう。って、なにも知らないおれが言うのも変だけど」

　思わず無責任なことを口にしてしまい、慌てて言葉を付け足す。幸い、菊池は「たしかに」と微笑んでくれた。

「月村くんは今、あの子が好きなんだね」

「うん」

　突然なんで千鶴のことを言いだすのかと思いつつ、迷うことなく頷く。

「どこが好きなの？」

「え？　えー……なんだろ。一緒にいて楽しいのはもちろんなんだけど、千鶴のなにげない言葉ひとつひとつが、なんか、好きなんだよな。ふたり一緒っていうより、おれと千鶴が一緒にいるって感じがする」

　この気持ちを言葉にするのはなかなか難しいな。

「あの子さえいれば、ほかはどうでもよくなる？」

「いや、それは……考えたことないけど」

　千鶴にそんなこと言ったら「なに言ってんの」と呆れられそうだ。あたしはどうでもよくないよ、とも言いそうだ。

千鶴はすべてを失ってもおれの手を取り支える、なんてしないだろう。それが自分にとって苦しみになるのなら、たとえおれのことが好きでも背を向けるんじゃないだろうか。

そして、おれにもそうであってほしいと思っている気がする。

おれ自身も、そうありたいと思う。

「おれは千鶴と一心同体でいたいわけじゃない。別々のふたりのままで、一緒にいたい」

だから、千鶴がいなくなったら、おれはさびしいと感じるだろう。

だから、手を伸ばす。千鶴から伸ばされた手を、摑む。

千鶴から避けられて、もう連絡してこないで、という拒絶のメッセージを見たときにやっと気づいたことだ。

それまで、どこかで千鶴はそばにいるのが当たり前の存在だと思っていた。

いなくなることを、おれは考えたことがなかった。

――千鶴と友だちでなくなるなんて、いやだ。

――千鶴がそばからいなくなるなんて、だめだ。

そう思った。そして、今すぐ、千鶴に会いに行かなくちゃいけない、と。

スマホを握りしめて、足を踏み出し――って、いつのことだろう。千鶴からそんなメッセージ受け取ったことがあっただろうか。

「あ」

そこであることを思い出しスマホを取り出すと、毅からメッセージが届いていた。ビルの屋上に来る直前は『今から向かうから』だったのだが、新しいメッセージでは『まだかよ』というものだった。どうやらすでに準備は整っているようだ。

「じゃ、行こうか」

手すりから上半身を起こして、菊池に呼びかける。どこに、と首を傾げる彼女におれは、太陽の光を浴びてきらきらと眩《まぶ》しいほど輝く海を指さした。

夏の湿気のせいで、潮風が体に張りつく。夕方や夜とは比べものにならないべとつきだ。

「おー、やっと。言いだしたやつが最後に来るとかどういうことだよ」

おれと菊池の姿に気づいた毅が突っ込んでくる。すでに汗だくで、準備をいろいろしてくれていたのだとわかる。毅のまわりには、おれが千鶴に頼んで連絡してもらったみんなが集まっていた。

「あれ、菊池さん？　うわ、ひさびさ」

真希がおれを素通りして菊池に声をかける。菊池は「ひさしぶり」と笑みを浮かべて挨揶揄する。

「どうしたの？　なんでいるのー？」

「昨日こっちに帰ってきたの。今日戻るんだけど」

「そうなんだー。二学期に学校行ったら転校したって言われてびっくりしたよー」

「真希、菊池のこと知ってんの？」

首を捻るおれに、千鶴が「真希と同じクラスの子なんだよ」と教えてくれた。

「っていうか菊池さんと律が一緒にいることのほうが意味わかんないんだけど」

「あ、ああ、まあ、いろいろと」

「偶然昨日会って、それで。ね」

どう説明すべきかと視線を彷徨わせていると、菊池が詳細を省《はぶ》いて簡潔に説明する。うん、そうそう、と頷く。千鶴も「そうなんだよねー」と菊池を見て微笑み、真希たちを納得させた。

「わたしははじめまして。紀利子ですー、よろしく」

「よろしく。って言っても、今日で帰る予定なんだけど……」

「また来たときに遊べばいいっしょ」

紀利子は千鶴と真希を見て「だよね」と同意を求めると、ふたりも「だね」と答える。

「そっか、そうだね、ありがとう」

菊池はうれしそうに頬を緩ませた。

今のこの状況を千鶴はどう感じているのかと、ちらりと見る。視線に気づいた千鶴がおれのほうに顔を向けて口の端《は》を引き上げて小さく首を上下に動かした。

「なんか菊池さん雰囲気かわったねー」

真希が菊池の顔を覗き込み、まじまじと見つめて言う。そうなの？　と紀利子が訊くと、そうなのよ、と真希が答えて、なにそれ、と千鶴がケラケラと笑う。

「前はもっとおとなしかったっていうか。話しかけても目を合わせてもらえなかった」

「あー、わかる。あたしも目が合わなかったし、菊池さんひとことしか喋んなかった」

「……そ、それは……」

女子たちの話を聞きながら、以前の菊池はそんなんだったんだ、と想像する。

菊池は申し訳なさそうに微苦笑を浮かべ、それを見た千鶴と真希が顔を見合わせて噴き出した。

「んじゃまあ、はじめましょうか！」

真希が菊池の手を取り、穀たちに向かって駆けだした。

「え、な、なにするの？」

「真昼の花火だよ！」

戸惑う菊池に返事をしたのはおれだった。

提案したのは、おれだ。千鶴にみんなへの連絡を頼み、毅には直接電話をして準備をお願いした。おれの突然で突拍子《とっぴょうし》もない頼みにも、毅は「いいじゃんいいじゃん」と楽しそうに言ってくれた。

「こんな時間に花火とか、意味わかんねえよなー」

「そう言いながら、嬉々として追加で花火買ってきたくせに」

「見えねえからこそ、ド派手なやつがないとおもしろくねえだろー」

毅と紀利子がいつものように言い合いをしていて、それを無視してみんなが好き好きに花火を手にする。おれもまじってそばにあった一本の花火を摑んだ。

輪の真ん中には、ろうそくがある。そこで導火線に火を点けると、ばちばち、と弾ける音がした。

もしやまったく見えないのでは、と思ったけれど、太陽の下でも花火はきれいに火花を散らした。夜とはまたちがう、まるであかりに透かした金平糖《コンペイトウ》のようなやさしい光だ。

「いーじゃん！」

「夜よりも明るく感じるー」

おれと同じように思ったのか、みんなのテンションが上がったのがわかった。

手にしていた花火は、しゅるしゅるという不思議な音とともにらせん階段のように火が手元に近づいてくる。ちょうど棒の真ん中あたりであかりが消えた。あっという間に一本が終わる。

千鶴が持っているのは、丸い光を放つものだった。

菊池のは、勢いよく前に飛び出すものだ。

ふたりは同じ花火だと思っていたのか、火を点《つ》けた瞬間驚きの声をあげてから顔を見合わせて笑った。

ふたりの花火が、青い海と青い空の景色の中で、舞っている。

「おーい律！　お前これやってみろって！」

毅に呼ばれて花火を受け取る。全員で同じ花火を手にして一斉に火を点けると、明るい世界がよりいっそう明るく瞬《またた》いた。ピンクや水色や黄色や白が、砂浜に広がる。なぜかみんな同時に「おお」と声を漏らした。

「昼間の花火もいいな」

「これはこれで」

「噴出花火、ありすぎだろ」

両手に抱えて真谷が波打ち際《ぎわ》の水がかからないぎりぎりのところに等間隔で並べる。ナイアガラの滝、とにやりと笑って順番に火を点けだした。

ナイアガラの滝にはほど遠い、種類がまちまちの噴出花火が勢いよく火花をあたりに撒《ま》いていく。

ぎゃははと毅が笑い、真希が「バカなことして」と呆れていた。

「ありがと、月村くん」

楽しい光景がより気持ちを楽しくさせる。

それを見ていたおれに、菊池が近づいてきて言った。色白の肌に汗が浮かんでいる。

「昨日、私が言ったから、だよね」

「一年前に花火をしようって約束したことは覚えてないけど、昨日菊池が言ってたのを思い出したから」

ならばせめて、と思った。

だからといってふたりきりでするのは気まずいから、みんなでやろうと考えた。花火があまっている、と毅が言っていたのもある。

「ねえ、月村くんは、学校での私を、覚えてる?」

「あ……あー、実は、覚えて、ないんだよな」

「うん。はじめて屋上で話したときも、私のこと知らなかった」

じゃあなんでそんなことを訊いたのか。

からかわれたのかと思っていると、

「今の私は、月村くんにどんなふうに見えてる？」

と、おれの反応を楽しんでいるような表情で訊かれる。

うーんと目の前の菊池をまじまじと見て考える。どんなふう、と言われても、おれにとっては昨日が初対面だし、まともに話したのはついさっきだ。

「普通の、女の子？」

「もっと具体的に言って」

「えー、えーっと、おとなしいっていうか、落ち着いてる感じかな。誰に対しても、フラットに接するのかな。千鶴とか真希はもちろんだけど、穀たち男子とも喋ってただろ」

「それは、月村くんの友だちが、みんないいひとたちだからだよ」

それは否定しないけれど。

「だからってこの輪で楽しめるかどうかは、菊池によるだろ。おれの目には菊池はみんなと楽しんでくれているように見える。明るくておしゃべり、ではないと思うけど、誰とでも仲良くなれる、し、誰といても自分を保てそうな」

イメージを言葉にするのって難しいな。

必死に単語を探して組み立てて話すけれど、これで合っているんだろうか。

「そっか。そうなんだね」

「……気を悪くしたところがあったら言ってくれ」

「そんなんじゃないよ」

遠くを見つめながら言われたので、なにか間違ったかと不安になったけれど、菊池は目を細めて否定する。

「今の私はそうなんだなって。さっき、あの子たちにも言われたから。かわったって」

そういえば、以前は目が合わなかったとか言ってたな。

でも、おれは菊池と何度も目を合わせたし、千鶴たちとも目を合わせて話をしていた。

菊池は「あのね」と話を続ける。

「私にとって、やっぱり、去年月村くんと過ごしたことは、忘れられない大事な、大切な思い出だよ。だから、月村くんに忘れられたことは、悲しい」

「うん……」

「昨日あれからずっと、考えてた。そして今日、月村くんと話して、改めて、あの日々は私にとって間違いなく運命の出会いだって思った。それは今もかわらない」

きっぱりと、はっきりと、菊池は言いきる。

それをおれは、否定も肯定もできない。

「この一年、何度も思い出した。そのたびに私は大丈夫だって前を向けた。思い出すたびに、月村くんのことが好きだなって胸をときめかせた。今も、私は月村くんが好きだよ」

罪悪感に胸が締めつけられる。

まっすぐな想いに、申し訳なさでいたたまれなくなる。

記憶がないことだけじゃない。今のおれは千鶴が大事だからだ。菊池から向けられる好意に、なにひとつとして返せるものがないからだ。

「でも、それは、今ここにいる月村くんじゃないの」

「――え」

予想もしなかった言葉に、ぽかんとする。菊池は、してやったりといったように片頬を引き上げた。

「私が好きになったのはあの日の月村くん。今の月村くんは、あの日とは、ちがう。記憶を失ったからってだけじゃなくて、私が引っ越してかわったように、月村くんも、この一年でかわったんだよね」

菊池は一歩前に踏み出した。

花火の音に耳を澄ますように目を瞑り、「さっき、屋上にいるとき、自分でもびっくりするくらい、ときめかなかった」と言われる。

「それはそれで、なんか、複雑だな」

「月村くんも、私になんにも感じなかったんだから、お互い様だよね」

「たしかに」

くるりと菊池が体ごとおれのほうを向く。

「私は、大丈夫だった。あの日、月村くんが言ってくれたとおり、私も月村くんも、大丈夫だったんだよ」

その日の記憶がないので、おれにはなにが大丈夫なのかわからない。

でも、そうなんだな、と素直に思う。

この一年、おれはたしかに、大丈夫だった。ずっと、大丈夫だと思っていた。

「月村くんと、出会えたおかげ」

もしかしたらおれにとっても、菊池と出会えた日々の欠片《かけら》が、心にちゃんと残されていたのかもしれない。

死にたいわけじゃなかったけれど、生きていくことに疲弊《ひへい》していたあのときのおれは、いつの間にか消えていた。

ポニーテールの子に言われたあの日の自分が、今こうして笑っていられるのは、菊池のおかげなのかもしれない。大丈夫だと、そう思えたなにかが、菊池と過ごした時間にあったのかもしれない。

「だから、月村くんとの出会いは運命の出会い」

でも。

「でも、それは思い出だけでいい」

思うと同時に、菊池が口にする。

おれはなにも言わなかったけれど、菊池には伝わったのだろう。頷くように瞬きをした。

「さっき、千鶴ちゃんに、訊いてみたの。私のこといやじゃないのって。そしたら『いやだけど、事実だから』って」

「千鶴らしいな」

「あと、忘れても忘れられなくても、過去はなくならないから、とも言ってた」

本当に千鶴らしいと思う。

みんななにかしら、過去があって、それを覚えている。

おれにとっては、消えた夏の日。

でも、菊池の中には過ぎた夏の日として残されている。

おれにとって、消えただけ。それだけのことだ。

「千鶴ちゃんに言われて、なんかすごく、気が楽になった。一年前、月村くんを好きになって、好きになってもらえて、そのほかのことはどうでもいい、いらないって思えてやっと、私は吹っ切れた」

そう言いながら、菊池は泣きそうな顔をしていた。

「傷があるってことを共有して、同じ温度で寄り添って、慰め合った。あのときの私たちに必要だったのはそんな時間で、その結果が今の私」

そして、菊池は愛《いと》しそうな眼差《まなざ》しをどこかに向ける。

もう二度と、会うことのない恋人が、菊池には見えているんだろう。

「思い出だけで、私はかわれたから、思い出だけで、いいや」

「うん」

「これからも、私には思い出があるから、月村くんがいなくても、大丈夫」

菊池の前向きな姿はすごく、かっこよかった。

おれも、こうありたい。おれも、大丈夫でいたい。

「おれも菊池も、大丈夫なんだな、きっと」

なにげなく口にした言葉に、菊池が驚いたように目を大きく開く。

そして、「そうだね」とその目を細めて言った。

「私の中にしかない、私だけの思い出っていうのも、いいね」

秘密を楽しむように菊池はにんまりと笑う。

たしかに、菊池だけのものだ。

「おーい、そこのふたり！　サボってないで花火しろよ！」

すでに花火に飽きてきたらしい毅がいくつもの手持ち花火を手にして叫ぶ。紀利子が「いっぺんに何本も持つなバカ！」と叱っていて、毅と同じように数本一気に火に点けていた千鶴と真希が顔を見合わせていた。

わかったよ、と返事をして、菊池とふたり足を踏み出しかけて、おれだけ止まる。

数歩先にいる菊池の背中に「なあ」と呼びかけた。

こんなこと、おれに訊く資格があるんだろうか、と珍しく口にする前に頭で考える。でも、訊かずにはいられない。

「菊池は今、幸せ？」

振り返った菊池は、潮風で乱れる髪の毛を手で押さえながら破顔《はがん》した。

「うん。月村くんの知らない月村くんのおかげで」

そうか。そっか。よかった。

心の底から、そう思った。

花火の片付けが終わったのは、ゆっくりと日が沈みはじめたころだった。

菊池は少し前に父親から連絡があって帰り、残りのみんなでゴミを集めて毅の家まで運んだ。あとの処理は毅（の両親）に任せるのがいつものことだ。ついでに毅の家でみんなで涼んでから解散した。

自転車を押し引くおれのとなりには、千鶴がいる。

のんびりと、千鶴の家に向かって歩く。

「千鶴、いろいろありがと。千鶴がいてくれて、よかった」

「もう、いいの？　本当に？」

千鶴はずっと、菊池にも笑顔で話しかけていた。おれと菊池がふたりで話している様子に気づいても、近づくことなく見守って、友だちとはしゃいで過ごしてくれた。それが、おれと菊池のためだったのだということくらい、わかる。

そして、笑っていても不安を覚えていたことも。

「うん。あの日のことは終わったことだから。おれの中からは消えてるし。だからって、思い出したらもとに戻るわけでもない。消えただけで、今のおれはおれのままだから」

「……ふうん。よくわかんないけど」

潮の香りがまじった生ぬるい風がおれと千鶴のあいだを通り過ぎていく。

「おれ、千鶴を好きなことに気づけてよかったなって」

「調子いいなあ」

呆れたように笑った千鶴に、おれも笑う。

おれと千鶴の手は、つながれていない。自転車のせいだ。けれど、それでもおれと千鶴の歩幅は一緒で、すぐ近くにいることがうれしい。

「でも、先のことはどうなるかわかんないけどね」

「え」

おれの焦《あせ》った声に、千鶴がにやりと不敵な笑みを向けてきた。

「過去があるってことは未来があるってことじゃん。つまり、付き合ったり別れたり、好きだったりきらいになったり、するものなんじゃないの？」

「そ、そうだけど……」

「学生時代から付き合って死ぬまで一緒ってのも、まあ、なかなかないことだし」

「なんって不吉なことを言うんだ」

衝撃だ。泣きそうになるだろ、やめろ。

動揺するおれに、千鶴が「ふはは」と声に出して笑った。

「それでいいんだよ。どうなるかわかんないのが、いいんだよ」

「なんで」

「それが悪いことだとはかぎらないからね。なにごとも、なるようになるんだよ」

律との関係やあたしの家族みたいに、と千鶴が小さな小さな声で言った。思ったことが思いがけず声に出てしまったようなその言葉を、おれは聞かなかったふりをした。

千鶴の表情に翳《かげ》りと彩《いろど》りの、両方を感じたから。

「なるようになる、か」

ふと、両親の姿が浮かぶ。

となりにいる千鶴はもちろん、毅たち、そして菊池のことも。

みんな、今日を過去にしていく。

忘れないまま、覚えていたままで。

たとえ忘れてしまっても、消えてしまっても、過ぎた事実はなくならない。

千鶴から、夏の熱気を纏った体温を感じた。

「たしかに、それでいいのかもな」

まだ、夏は続く。それが終わればまた、次の夏を過ごす。それがどんな夏になるのかはわからない。けれど、それでいい。
遠ざかっていく波音に耳を澄ませて、目を瞑った。

あの夏の日からの傍観者

羨《うらや》ましい、と思った。

僕の横を、ひと組の恋人が通り過ぎる。

ふたりが中学のときから仲がいいのは知っていたけれど、とうとう付き合うことになったようだ。それを噂で聞く前に、すでに僕はそうだろうと思っていたけれども。

男子生徒が、以前は僕と去年同じクラスだった別の女子生徒といい関係だったのを、知っている。ただ、彼女は転校してしまったのだけれど。

そして一年経《た》って、かつてからの、友だちだった女子と付き合った。

——その変化が、僕は羨ましい。

僕の生活はとくにかわらない。たいした不満のない単調な日々を過ごしている。それは決して特別なことではなく、あの男女も同じような環境なんじゃないかと思う。家族がいて、友だちがいて、ドラマで見かけるような波瀾万丈《はらんばんじょう》な出来事もない日々。

多少なにかしらの事情があったとしても、そうかわることはないはずだ。

でも、たまに、かわるひとがいる。なにがあってかわるんだろう。

去年、男子生徒が屋上で一緒に過ごしていた女子生徒はすごく無口な子だった。けれど、この夏この町にやってきた彼女は別人のような変貌ぶりだった。オペラグラス越しでも、それがわかった。

おまけにあの、陽キャ集団と一緒に花火までしていたのだから、なにがあったのか気にせずにはいられない。

いったい僕と彼らの、なにがちがうんだろう。

彼女と別れたあと、男子が階段から転落したことか。

夏に花火をしたことか。昼間に花火をしようという発想が浮かぶところか。

僕も同じようにすればいいんだろうか。

でも、僕はそういう柄《がら》でもないし、したいとも思わない。

っていうか僕はかわりたいんだろうか。

たかだか、無関係な人間がかわっただけなのに、なんでこんなにも彼らのことを意識してしまうんだろう。

『夏休みに付き合いだしたカップル見ると意味もなく荒《すさ》むから別れろ』

そんな愚痴をSNSに書き込んですっきりする。ついでにタイムラインを眺めていると、

〝ムラサキ〟が『恋人と別れた友だち明るすぎて戸惑《とまど》うんやけど』と書き込んでいた。

そういえばこの前ダイレクトメッセージでやり取りしたときにもそんなことを言ってた。友だちが彼氏と別れて慰《なぐさ》めないといけないけどどうすればいいのか、と悩んでいて、僕に相談してきた。交際経験がない僕は『わからん』と返事をした。ムラサキからの返信は『役に立たんなあ』と辛辣《しんらつ》なものだった。冗談なのはわかっていたので『同類のくせに』と言い返した。

『友だち元気そうでよかったじゃん』

思わずムラサキにメッセージを送ると、『そうなんやけどさー』とすぐに返事が届く。

『なにがあったんやろな。よーわからん』

『夏ってことなんじゃない？』

『まったく意味わからん。けど夏のせいでいいか』

なにを言いたいのかさっぱりわからなかったが『それでいいと思うよ』と返事をした。

付き合うひともいれば、別れるひともいる。

そりゃそうか。誰にでもそういう日があるものだ。

僕にとっては、どれも同じような日で、とくに意味はない日でも、誰かにとっては付き合った日だったり別れた日だったりする。ムラサキも以前〝よけいなことを言ってしまった日〟があると後悔していたっけ。

つまり、誰かにとっての意味のある日は、誰かにとって無意味な日。

そういう日がただただ過ぎていくだけ。

つまり、僕は退屈ってことだ。

ぼーっとSNSを眺めていると、ムラサキが『よーわからんけど明るい友だち見てたらまーいっか、てなるな』『夏のせいってことやな』『うちは今日、夏のせいにしていいってことを知った』『ムカつくあいつも、夏のせいにしてくれてたらええな』と投稿していた。

思わず独り言《ひとりごと》つ。

「なに言ってんだよ」

ムカつくあいつってだれだよ。なんか、前に言ってたかも。いやでもどうだったたっけ。

ただ、ムラサキが元気になったようでほっとする。

ふとあの夏の日の光景が蘇《よみがえ》る。

——なんだか、眩《まぶ》しかったな。

これまで窓の外に見えていた光景から書き綴《つづ》ったメモは、なかなかの物語になった。とくに昼間に花火をしていた様子は物語を膨《ふく》らませてくれた。前世と今世を交えたちょっとファンタジー要素のある恋愛ものだ。

羽ばたいて消えていくラストにした。
それに、誰かが手を伸ばすシーンが浮かんだ。
「……書き溜めた文章をまとめて、どっかに投稿でもしよっかな」
以前はそんなのまったく興味がなかったけど。
なんで急にそんなことを思い立つのか自分でもわかんないけど。
あまりにかわった同級生の姿に感化でもされてしまったのだろうか。
まあ、どうでもいいか。飽きればやめればいいだけだし、やって損することもない。
開け放たれた窓から、風が舞い込んできた。
まだ季節は夏だ。なのに鼻腔《びくう》を擽《くすぐ》った風の香りに、夏が終わるな、と思った。

あとがき

はじめましての方、お久しぶりの方、この度は「あの夏の日が、消えたとしても」を手に取っていただきありがとうございます。櫻《さくら》いいよです。

オレンジ文庫二冊目は、ある夏の日を忘れられない、忘れたくない、そして忘れてしまった三人の少年少女と、それを見ていただけの少年のお話でした。全員、若干《じゃっかん》（？）こじらせていますが、誰かに寄り添い、見守ってもらえたらうれしいです。


前作に続いて、今回も夏のお話でしたが、その理由は私が夏に儚《はかな》さみたいなものを思い描くからかもしれないな、と最近気づきました。実際の夏は年々暑さが増して、期間も長くなっているように思えますが。そして私は夏がとても苦手なのですが。

海もあまり得意ではないですし、プールもほとんど行ったことがないです。髪の毛が濡れるじゃないですか……。シャワールームも狭くて落ち着かないじゃないですか……。

かといって山も行きません。最近キャンプが人気ですが、一度も経験がないです。落ち着いて眠れないじゃないですか……。準備も片付けも大変じゃないですか……。

でも、私と違って夏が大好きな方もいるでしょう。逆に、自分にとって大事ななにかは、誰かにとってはなんてことのないものである場合も、たくさんあります。

この物語の少年少女の過ごした夏の日が、それぞれで記憶や想いが違うように。

大切なもの、苦手なもの、好きなもの、忘れたいもの。憎しみや恋しさも。

それらは日々を愛《いと》しくしてくれることがあります。自分を強くしてくれることもあります。――ときに、悪い意味で囚《とら》われて苦しんでしまうこともあります。

でも、もしかしたらそんな自分にとって苦悩の日々が、どこかの誰かには希望になるかもしれない。記憶に残らないような些細《ささい》ななにかが、自分や誰かの素敵な未来の火種になっているかもしれない。その瞬間は気づかなくとも。たとえ一生気づかなくとも。

数えきれない人が同じ時間に存在しているこの世界なら、ありえなくはないんじゃないかな、と私は思っています。


このお話も、数えきれないほどのたくさんの方のお力のおかげで、こうして形になりました。そして、今そこにいるあなたにも出会うことができました。

たくさんのご縁に、愛と感謝を込めて。

またいつかどこかで、出会えますように。

２０２４年６月　櫻いいよ

※この作品はフィクションです。実在の人物・団体・事件などにはいっさい関係ありません。

集英社オレンジ文庫をお買い上げいただき、ありがとうございます。
ご意見・ご感想をお待ちしております。

● あて先
〒101-8050　東京都千代田区一ツ橋2-5-10
集英社オレンジ文庫編集部 気付
櫻いいよ先生

あの夏の日が、消えたとしても

集英社
オレンジ文庫

2024年6月25日　第1刷発行

著　者　櫻いいよ
発行者　今井孝昭
発行所　株式会社集英社
〒101-8050東京都千代田区一ツ橋2-5-10
電話【編集部】03-3230-6352
【読者係】03-3230-6080
【販売部】03-3230-6393（書店専用）
印刷所　大日本印刷株式会社

ISBN 978-4-08-680563-6 C0193